옥수수밭 별자리

옥수수밭 별자리

발행일	2015년 3월 30일

지은이	김 형 식		
펴낸이	손 형 국		
펴낸곳	(주)북랩		
편집인	선일영	편집	이소현, 이탄석, 김아름
디자인	이현수, 김루리, 윤미리내	제작	박기성, 황동현, 구성우
마케팅	김회란, 박진관, 이희정		
출판등록	2004. 12. 1(제2012-000051호)		
주소	서울시 금천구 가산디지털 1로 168, 우림라이온스밸리 B동 B113, 114호		
홈페이지	www.book.co.kr		
전화번호	(02)2026-5777	팩스	(02)2026-5747

ISBN	979-11-5585-518-8 03810(종이책)		979-11-5585-519-5 05810(전자책)

이 도서의 국립중앙도서관 출판예정도서목록(CIP)은 서지정보유통지원시스템 홈페이지(http://seoji.nl.go.kr)와
국가자료공동목록시스템(http://www.nl.go.kr/kolisnet)에서 이용하실 수 있습니다.
(CIP제어번호 : CIP2015009340)

김형식 장편소설

옥수수밭 별자리

북랩 book Lab

프롤로그

나의 사랑하는 부모님을 대신하여 너무도 부족하고 미흡했던 나에게 따뜻한 온정과 헌신적인 사랑과 진정한 삶의 의미가 무엇인지를 일깨워주려 했던 많은 사람들을 그리워하며

어린 시절, 한 그루의 작은 나무는 아이의 마음속에서 커가고 있었다.

많은 사람들이 나무의 성장을 돕기 위해 토양이 되었고, 물이 되었고, 햇살과 바람이 되어 주었다. 아이의 작은 나무는 그들을 통해 다양한 삶의 가치와 인생의 경험과 지혜를 배웠고, 따뜻한 온정을 베풀며 살아가야 하는 도리를 배웠다.

하지만, 슬픈 일도 있었다.

나무가 성장해 가는 동안 고마운 사람들이 하나둘씩 세상을 떠나간 것이다.

비록 그들은 떠나갔지만 그들이 작은 나무 안에 심어놓은 선의의 마음은 일생 동안 아이의 기억 속에서 살아가게 될 것이다.

삶 속에서 영원한 것은 없다.

살아온 세대가 달랐고, 삶의 과정도 달랐다.

하지만 세월의 교류 속에서도 변하지 않는 것이 있었으니, 바로 신념이다.

고마운 사람들이 아이의 성장과 삶에 영향을 끼쳤던 것처럼, 그 아이는 어른이 되어 경험한 삶의 지식과 지혜를 누군가에게 전달하게 될 것이다.

삶은 일정한 규칙과 경험 속에서 변화하고, 간절히 원하는 사람을 운명처럼 만나게 된다. 또한 시간의 흐름 앞에서 변하지 않는 것도 있다는 것을 알게 된다.

지금껏 따뜻한 온정 속에서 작은 나무는 자라왔으니, 다양한 경험과 생각이 다음 사람에게 전달되고, 지식이 세대를 거쳐 교류되면, 작은 나무에게 물과 햇살과 토양과, 바람이 전해지게 되는 것이다.

목차

프롤로그__ 4

제1장 지나간 추억__ 7

제2장 우연한 만남__ 11

제3장 떠오르는 그리움__ 75

제4장 사랑__ 79

제5장 다시 찾은 북삼리__ 141

제6장 찾아온 불행__ 153

제7장 슬픈 방관자__ 197

제8장 옥수수밭 별자리__ 221

에필로그__ 226

제1장
지나간 추억

세상에는 수많은 가능성이 공기 중에 먼지처럼 떠다닌다.

또 그 가능성 속에서 삶은 변하기도 하고 희박한 확률이지만 운명처럼 누군가를 만나기도 한다.

나의 젊은 날, 잊을 수 없는 추억은 어느 낯선 곳에서 우연히 한 여인을 만나게 되면서부터 시작되었다.

그리고 그 여인에 의해 삶은 변화했다.

내가 지금도 지난 과거를 돌이켜 깊은 생각을 하는 것은 지나간 추억이 언제나 아름답게 기억돼서가 아니다. 지나간 추억이란 해질녘 잠깐 동안 세상을 아름답게 환히 밝히다가 사라져가는 태양의 뒷모습처럼 쓸쓸함으로 기억되는 그리움이었다.

언젠가 내가 어릴 적에 나이 많으신 사촌 형님은 내게 이런 말을 했다.

앞으로 살아갈 날이 많은 네가 미래를 상상하고 그리워하는 것은 너무도 당연한 것이다. 하지만 언젠가는 너에게도 미래의 모습보다 과거의 모습이 더욱 소중하게 기억될 날이 반드시 찾아온다는 것이다. 또, 그 형님께서는 내게 이런 당부도 하셨다.

살아갈 날들을 결코 소홀히 보내지 않으며, 세상을 살아가면서 따뜻한 온정을 베풀 수 있는 어른으로 성장해 가라고.

나는 그 당시 나이 많으신 사촌 형의 말씀을 이해할 수 있는 나이가 아니었다.

하지만 이젠 세월이 흘러 세상에 일어날 수 있는 희박한 가능성이 내게도 행운처럼 또는 불행처럼 찾아올 수 있다는 사실을 알게 되었으며, 과거의 기억이 얼마나 소중한 것인가를 깨달아 가는 나이가 되었다.

젊은 날의 기억들은 평생 동안 그림자처럼 내 뒤를 쫓아다닐 것이다.

십여 년이 지난 그때의 기억들도 마찬가지이다.

일찍이 하늘 속에서 만들어진 바람은 소망을 담기도 하고 꿈을 만들기도 한다.

바람이 불 때면 나는 하늘을 한참 동안 바라보며 생각한다.

쓸쓸한 하늘 위, 어둠 속엔 수많은 추억들이 방울방울 떠다닌다.

제2장
우연한 만남
(episode)

1998년 8월 중순, 내가 경기도 연천 북삼리에 위치한 작은 시골마을을 찾아간 것은 친구 아버지 소유의 별장을 보수하기 위해서였다. 흔히 사람들이 떠올리는 별장의 모습은 화려한 대리석을 두른 외관과 넓은 정원, 바다가 보이는 곳을 생각하기 마련인데, 이곳 별장은 말이 좋아 별장이지 그냥 경치 좋은 한적한 시골마을에 예쁜 집을 지어놓은 정도였다. 원래 별장 관리는 인근 500여 미터 떨어진 곳에서 농사를 짓고 계신 말복 아저씨가 관리해 오셨는데, 얼마 전부터 고질적으로 아파왔던 무릎 관절에 염증이 생겨 당분간 거동할 수 없어, 말복 아저씨를 대신하여 별장수리를 할 사람이 필요했다.

최근 전 세계적으로 기상변화가 심하여 특정 지역에 강수량이 집중되기도 하고, 또 어느 때에는 가뭄이 지속되기도 한다. 올해 경기도 북부에는 6월부터 8월 현재까지 맑은 날보다 비가 내린 날이 더 많았고, 태풍도 자주 한반도를 거쳐 갔다. 때문에 별장의 목책은 무너졌고 지반도 약해져 있다고 한다.

두철이의 말로는 말복 아저씨를 대신하여 며칠 동안 별장에 머물면서 전기 배전반 점검, 가스밸브 점검, 지붕에 물이 새는 곳은 없는지 살피고, 그동안 자주 내린 비로 인해 주저앉은 울타리가 있다면 보강목을 덧대어 세우고, 페인트칠을 새로 해야 한다는 것이다.

때마침 나도 여름 휴가철이었고, 회사에서 일주일 정도 휴가를 얻어 한적한 곳에서 쉬었다 왔으면 했는데, 몇 칠 전 두철이가 내게 전화를 걸어와 별장수리를 부탁한다는 것이다. 물론 노동에 대한 대가와 별장을 보수하는데 드는 수리비도 모두 청구하라는 것이다.

나는 두철이의 제안에 흔쾌히 승낙했다. 노동에 대가는 필요 없고 "나중에 술이나 한잔 사라." 말하며 전화통화를 끝마쳤다.

오늘 나는 애마인 갤로퍼를 운전하여 전곡으로 향하고 있다.

북삼리로 가기 전에 군복무 시절 나와 친하게 지냈던 후배 병섭이의 집을 가기 위함이다. 그곳에 들려 하루를 보내고 별장이 있는 북삼리 마을로 향하기로 했다.

군 제대 후 6년이 지났지만 우리는 아직도 지속적으로 연락을 하기도 하고, 군대모임을 통해 일 년에 한두 번쯤 만나기도 한다. 후배의 직업은 포클레인 기사이다. 아직 서른 살도 되지 않은 나이인데, 타향에서 스스로의 능력으로 아파트를 장만할 정도로 근면하고 성실한 총각이었다.

올해 경기도 북부엔 특히 많은 비가 내려 침수피해와 도로유실이 많았다. 녀석의 말로는 최근 20년 중에서 올해 가장 많은 비 피해가 발생했다고 한다. 또한 완전히 복구를 하는데 3년 정도의 기간이 소요되며, 자신도 3년 동안의 일감이 확보된 상태라고 했다.

후배와 나는 늦은 새벽 시간까지 술을 마셨고, 이른 아침에 일어나 인근 식당에서 함께 해장국을 한 그릇 먹은 후 바로 헤어졌다. 우리가 바로 헤어질 수밖에 없었던 이유는 포클레인 기사인 병섭이의 도로복구 작업이 아침 일찍부터 시작되기 때문이었다. 병섭이는 나와 더 이상 시간을 같이 할 수 없는 것에 대해 미안해 했지만, 그는 유실된 도로복구가 시급하여 일요일에도 쉬지 못하고 일을 해야 할 상황이었다. 헤어짐은 언제나 아쉬웠으나, 우리는 자신에게 주어진 일을 해야 하며 계획했던 일을 차질 없이 진행하면 되는 것이라고 생각했다.

지금 내가 바라보며 지나치는 이 도로에는 하늘과 구름 그리고 자비로운 기운의 보살핌이 있었다. 단 한번이라도 이러한 감정에 충실히 몰입한다면 그들의 기운을 느낄 수 있다. 잔잔한 구름의 미소, 허공을 가르는 바람, 또는 낯선 거리의 신비로움, 이 모든 환경 속에서 나무가 자라고, 가옥이 보였고, 가끔씩 자동차가 스치듯 내 옆을 지나쳐갔다. 나는 도시에서 떠나와 목적도 계획도 없이 어느 낯선 도로를 따라 북삼리의 작은 시골마을로 향하고 있다.

경기 북부 산악은 산봉우리가 능선을 따라 넓은 평원과 이어지고, 강은 평원을 따라 흐르는 모습이 특징이다.

DMZ와 인접해 있는 북삼리 마을은 언제나 고요하고 평온한 곳이기도 했다.

고등학교 땐 두철이를 따라 이곳에 자주 놀려왔었다.

서울을 출발하기 전부터 두철이에게 북삼리로 가는 설명을 들었지만, 직접 운전하여 찾아가는 것은 처음이었기 때문에 지나치는 사람이 보일 때면 몇 번이나 운행을 멈추고 북삼리로 향하는 길을 물어 보았다. 마지막으로 연세가 지긋해 보이는 어르신께 길을 여쭈어 보았는데, 현재 진행하고 있는 도로를 쭉 따라가면 북삼교가 보일 것이라고 말씀하시면서, 북삼교를 건너자마자 오른쪽으로 진입하는 언덕길이 보이면, 그 길을 따라 가라고 일러주셨다.

어르신이 일러준 길을 따라 왔더니, 익숙한 풍경들이 보이기 시작했다.

이제 운전도 한결 여유로워졌다.

'북삼교'

학창시절부터 추억이 있던 곳이다.

그동안 잊고 살아왔던 희미한 기억이 북삼교를 보게 되니 선명하게 나타났다. 다리를 건너면, 조그만 상회가 나오는데 지금은 없어진 것 같다. 상회가 있었던 자리엔 잡초만 무성하게 자라 있었고, 군부대의 수송트럭들이 주차되어 있었다. 마을로 향하는 길 초입엔 나무들이 무성하여 산골짜기로 들어서는가 싶지만, 점점 가까워지는 풍경은 마치 높은 언덕 위에 커다란 운동장 수십 개를 얹어놓은 것처럼 전방 모든 사물들을 바라볼 수 있는 평평한 분지 형태의 특이한 지형이 나타난다. 언덕길을 따라가면 중턱쯤에 두철이네 별장이 보일 것이다. 천천히 아주 천천히 차를 운행하면서 주위의 풍경을 둘러보며 위쪽으로 향했다. 자연의 아름다움이란 고요함 속에 오래 기억되는 것 같다. 한

눈에 보이는 풍경과 뱀처럼 꼬불꼬불 휘어진 임진강 물줄기, 한참 전에 운행해 왔던 숲길도 보였다.

더 먼 곳을 바라보면 가옥과 밭도 보이고, 마을의 보안등이 보였고, 반듯한 도로가 마을로 향해 있는 것도 보였다. 내 눈에 들어오는 아름다운 풍경은 결코 사람들이 정해놓은 가치로 평가할 수 없는 것들이다.

북삼리에 도착하여 제일 먼저 만난 사람은 별장관리를 하시는 말복 아저씨였다.

두철이네 별장 너머 비탈길을 따라 내려가면 마을 입구가 보이는데, 아저씨께서는 서울에서 내가 온다는 연락을 받으셨는지 미리 마중을 나오셔서 따뜻이 맞이해주셨다. 한눈에 봐도 아저씨는 움직임이 많이 불편해 보였는데, 한참 만에 거동을 한다고 하셨다. 아저씨의 집은 몇 개의 가구가 모여 사는 집들 중 하나였다. 아저씨께서는 부인인 안성댁 아줌마와 단둘이 살고 계시는데, 슬하엔 자식이 모두 4명이 있다.

노부부는 내가 학창시절 두철이를 따라 이곳 북삼리 별장에 가끔 놀러왔을 때부터 나에게 온정을 베풀어주신 분들이다.

사람에 대한 좋은 기억을 마음속에 새겨두면, 아무리 오랜 세월이 흘러도 그 사람에 대한 생각은 변하지 않는다.

반가운 아저씨의 모습을 보게 되니, 변변한 선물 하나 사오지 못한 것에 대한 후회가 밀려왔다. 후배 병섭이와 헤어진 후, 운전하여 북삼리로 향하는 동안 정육점에 들러 아저씨께서 좋아하시는 삼겹살을 사가야겠다는 생각을 했다. 하지만 타고난 길치인 나는 엉뚱한 도로로 진입하기 일쑤였고, 모르는 길을 물어물어 찾아가는 것도 여의치가 않다 보니 정육점에 들려 고기를 구입해야 한다는 생각을 까맣게 잊어버린 채 북삼리에 도착한 것이다. 스스로 자책하며 어쩔 수 없이, 마을 도착 전에 허름한 가게에서 구입한 음료 세트와 화장지 세트를 인사치레로 안성댁 아줌마께 드렸다. 아줌마는 "돈 아깝게 이런 걸 뭐하러 사왔느냐!"며 역정을 내셨다.

세월이 흘렀어도 부부는 변한 것이 없었으며, 30년 넘게 이곳 북삼리에서 농사를 지으면서 살아오셨다.

안성댁 아줌마는 먼 거리를 운전해 왔으니 시장할 것이라면서 내게 식사부터 차려주셨다. 찬은 밭에서 따온 풋고추와 상추, 된장찌개와 김치가 전부였지만, 배가 많이 고픈 탓에 정말 맛있게 먹었다.

식사를 하는 동안, 노부부는 내 옆에 앉아 식사하는 모습을 지켜보시며 그동안에 안부를 물어보셨다. 말복 아저씨께서는 자신의 몸이 불편하여 읍내를 나갈 수 없어, 영복이 니가 오랜만에 왔는데도 번번한 찬도 없다며 아쉬워하셨다.

내가 된장찌개를 한 숟가락 퍼, 밥에 비비면서 노부부를 번갈아 바라보며 말했다.

두 분을 뵐 수 있다는 생각에 기쁜 마음으로 이곳에 왔고, 별장수리할 자제를 사려 읍내에 나가는 날, 제가 술과 고기를 사가지고 올 테니, 그때 오랜 회포를 풀자고 아저씨께 제안했다.

식사를 끝내자마자, 나는 작정하고 꼭 갈 곳이 있었다.

두 분께는 기다리지 말고 먼저 주무시라는 말씀을 드린 후, 집을 나왔다. 작은 배낭과 소형 텐트를 짊어지고, 넓은 들판을 따라 강물이 흐르는 북삼교로 향했다.

걸어서 북삼교로 향하는 동안 지루하다는 생각은 하나도 들지 않았다.

밀짚모자를 눌러쓰고, 배낭과 텐트를 둘러매고, 이곳의 풍경을 머릿속에 새기며, 홀로 노래를 흥얼흥얼 부르면서 고갯길을 넘어갔다.

내 오랜 기억 속에 북삼교 밑을 흐르는 임진강은 가장 넓은 곳의 강폭이 100여 미터에 이르고 물은 차가우며 수심은 깊지 않아 여름날 수영하기에는 최적의 장소였다. 가장 깊은 곳의 수심이 성인남자 기준으로 허리 정도밖에 차지 않으며, 물이 전혀 오염되지 않은 청정수였기 때문에 우리 친구들은 같이 수영도 하고, 다슬기와 버들치 같은 물고기를 그물망으로 잡은 기억이 있던 곳이다. 수심이 얕은 곳곳에 물살이 빠른 여울*이 만들어져 있고, 인적이 없는 드넓은 들판에서 하늘을 바라보면 하루 중에서 가장 아름다운 풍경을 감상할 수 있는 곳이기도 했다.

난 북삼교 아래 자갈밭을 따라 임진교 방향으로 한참을 걸어가다가 개활지 사이로 얕은 물줄기가 흐르는 곳에서 걸음을 멈추었다.

---

* 여울: 강이나 바다의 바닥이 얕거나 폭이 좁아 물살이 세게 흐르는 곳

오늘밤 이곳에서 밤을 지새울 것이다.

이미 서울을 출발하기 전부터 이곳에서 밤을 홀로 지새울 계획이었다.

지난날의 기억은 꼭 세월이 흐른 뒤, 현재의 내 모습을 지난 과거의 장소로 옮겨 놓는다.

10여년 전, 친구들과 함께 밤을 지새우면서, 가까운 내 미래 모습을 상상하던 장소가 바로 이곳이다.

추억의 장소에 다시 홀로 서 있는 것이다.

흙이 많이 쌓여 있는 곳에는 때 이른 코스모스가 피어있기도 했고, 하늘은 어스름한 기운과 붉은 노을이 구름과 구름 사이를 비집고 나와 강가의 자갈밭을 아름답게 비추고 있었다. 좀 있으면 어두워질 하늘의 모습을 살피면서 모닥불을 피울 준비를 하기 위해 주위에 마른 나뭇가지를 모았다. 야전 삽으로 구덩이를 깊게 파고, 구덩이 주위에는 평평한 돌로 우물을 쌓듯 동그랗게 원을 만들었다.

그래야 저녁 산들 바람에도 큰 불씨가 날리지 않는다.

모닥불을 피운 후, 텐트도 쳤다.

밤을 지새우다 도저히 졸음을 참을 수 없다면 텐트 안에서 잘 것이다.

맥주를 한 모금 마신 후, 잔뜩 웅크리고 앉아 손등을 턱에 괸 채, 넓은 들판에서부터 곧 찾아올 어둠을 기다리고 있었다.

지평선 아래로 사라지는 태양은 꼭 자신의 존재를 여운으로 남긴다.

그 여운의 존재가 바로 황혼이다.

해 저무는 풍경은 언제나 쓸쓸하고 아름답다.

하루 중에서 가장 아름다운 풍경은 이제 곧 세상을 환하게 비추다가 아쉬움만 남긴 채 사라질 것이다.

＊ ＊ ＊

사람의 마음이란 이리도 번잡스러운 걸까?

이렇게 도시를 떠나온 것은 정말 잘한 것 같다.

용기를 내어도 결코 설명할 수 없는 아둔함과 부족함을 채울 수 있었으니…

고독은 늘 내면 한가운데 잠시 머물다가 사라져가니 정적은 혼탁한 영혼을 맑게 해주는 것이라고…

밤하늘의 자비로운 정령들이시여!

당신들께서는 언제나 소리 없는 자유를 누리시고 가장 초라하고 미약한 시간의 여분을 제게 주십시오.

조화로운 자연의 관대함을 느낄 수 있게 해주시고, 살아가는 동안 확신과 신뢰를 버리지 않도록 이끌어 주십시오!

＊ ＊ ＊

나는 아직도 성장하지 못한 어른이다.

세상을 살아가면서 내게 가장 안타까운 모습이 있다면 아직도 성장하지 못한 나의 현재 모습과 내 곁을 너무도 일찍 떠나버린 부모님의 모습이다.

나는 어릴 적 돌아가신 부모님을 그리워하며 많이 슬퍼했다.

그러던 어느 날, 그 모습을 우연히 지켜보던 아버지의 친구께서는 나를 위로하기 위해 이런 말씀을 하셨다.

'아마도 부모님은 밤하늘 속의 정령으로 다시 태어났을 거라고.'

어린 나는 그 말이 거짓이란 것을 알고 있었지만, 그때부터 유난히 그리운 상념想念**이 떠오르면 밤하늘을 바라보며 정령의 모습을 상상했는지도 모른다. 아직도 지난 과거 속에 선명하게 자리 잡은 기억은, 나이 많으신 사촌 형님의 말씀처럼 이젠 과거의 모습이 소중하게 기억되기 때문이라고 생각해 버렸다.

이런 저런 많은 생각으로 방금 지핀 모닥불을 바라보며, 어둑한 저녁의 그림자가 들판을 검게 물들 무렵이었다.

그런데.

자갈길 한참 멀리서부터 누군가 현재 내가 위치한 이곳 방향으로 인기척 소리를 내며 걸어오는 것 아닌가!

자연의 사물뿐인 고요한 곳엔, 아무리 미세한 작은 소리도 들려오기 마련이다. 또한 일직선으로 길이 쭉 뻗어있는 탓에 전방을 바라보

** 상념想念: 마음속에 품고 있는 여러 가지 생각

면 한눈에 넓은 지역이 시야 안으로 들어오는 개활지의 특성 상, 다가오는 물체를 어렴풋이 확인할 수 있었다.

나는 태연한 척, 캔 맥주를 마시고 있었지만 다가오는 인기척과의 거리를 계산하며 잠시도 시선을 떼지 않았다.

여행을 많이 다녀본 사람이라면 알 것이다. 자신만이 홀로 있는 낯선 장소에선 가장 위험한 존재가 사람이 된다는 것을. 만약 여러 명의 남자들과 시비라도 붙는다면 혼자의 힘만으로는 당해낼 수 없다. 때문에 나는 긴장한 상태에서 다가오는 인기척을 주시할 수밖에 없었다. 북삼교와 임진교 사이에 위치한 이곳은 갈림길이 없기 때문에 걸어오는 사람은 반드시 나와 마주치게 된다.

들판에 펼쳐진 붉은 빛이 서서히 힘을 잃어가고 짙은 어둠은 그 빈자리를 점점 채워가고 있었다. 이제 잠시 시간이 지난다면 내가 앉아 있는 이곳으로 걸어오는 사람도 나의 얼굴을 확인할 수 있을 만큼 거리의 간격은 더욱더 가까워질 것이다. 어둑한 그림자가 시야를 가렸기 때문에 잘 살필 수 없었지만 유심히 살펴보니 걸어오는 사람은 다행히도 한 명뿐이었다.

여러 명이라면 만일을 대비하여 야전 삽을 옆에 준비했을 것이다.

나 스스로 '다행이다.' 안도하고 있는 순간 그런데

'이럴 수가!'

걸어오는 사람은 놀랍게도 젊은 여자 한 명뿐 아닌가!

나는 다시 한 번 가슴이 철렁거렸다.

정말 이상하고, 믿기지 않는 일이다.

현재 내가 위치한 임진강 어울가에는 넓은 들판과 물이 스며드는 자갈밭이 펼쳐져 있을 뿐, 나 외의 다른 사람들은 아무도 보이지 않았다.

조금 전까지 보였던 푸른 하늘의 모습도, 붉게 물든 태양의 그림자도 이제 곧 어둠 속에 완전히 파묻히게 된다. 또한 이곳 근방엔 사람이 살 수 있는 편의시설이나 가옥이 전혀 없다. 그런데, 남자도 아닌 젊은 여자가 어둠이 깔리기 시작한 인적 없는 강변의 자갈길을 일행도 없이, 더구나 차도 아닌 도보로 한참을 혼자 걸어올 이유가 있겠는가?

이런 의문을 품는 동안 그녀와 나의 간격은 점점 좁혀져 오고 있었다.

이제 그녀도 나의 모습을 인식할 수 있는 거리까지 다가온 것이다. 어쩌면 내가 그녀에게 품은 의문들을 그녀도 나와 똑같은 생각을 하면서 걸어왔을 것이다.

확실한 것은 남자들의 거친 영역에 젊은 아가씨가 침범했다는 사실이다.

또 한 가지 의문스런 것은 그녀의 빠른 걸음 속도였다. 조금 전까지만 해도 상당한 거리의 간격이 있었던 것 같았는데, 어느새 나의 시선에서 100여 미터까지 근접한 상황이 되어 버렸다. 어떤 급박한 상황이 있었는지 모르겠지만 그녀의 빠른 발걸음만큼 나의 생각도 기민해졌다.

문득 세상엔 상식적으로 설명할 수 없는 수많은 일들이 끊임없이 발생한다는 생각이 들었다.

어쩌면 내게도 그런 일이 일어날 수 있다.

또한 생각은 늘 한군데 머물지 않고 기억을 쫓아 시간여행을 다니기도 한다.

내가 어릴 적에는 서울에도 동네마다 폐가가 한군데쯤 있었고, 개구쟁이 아이들 중에 담력이 센 녀석들은 자정을 넘긴 시간에 집을 몰래 빠져 나와 폐가에 혼자 들어 갈 수 있는지 하는 담력시험을 했던 기억이 있다.

갑자기 왜 그런 기억이 떠올랐는지 모르겠지만, 그녀의 출현은 잔잔한 물결 위에 돌멩이 하나가 던져진 기분을 들게끔 만들었다.

이제 그녀와 나의 간격은 채 50미터도 남지 않았다.

가까이 근접해 오는 그녀를 쳐다보는 것이 괜히 어색했던 나는 나뭇가지 하나를 모닥불 속에 집어 던지며 딴청을 피우고 있었지만, 감각은 온통 다가오는 낯선 여자에게 쏠려있었다. 점점 가깝게 들려오는 그녀의 발자국 소리가 고요한 여울가에 울려 퍼질 쯤, 나는 그녀가 낯선 남자가 머무는 이곳을 황급히 지나쳐 북삼교 방향으로 진행할 것이라고 예상했다. 하지만 내 생각과는 달리 순식간에 가까운 곳까지 걸어온 그녀는 갑자기 내 앞에서 걸음을 멈춰버리는 것 아닌가?

그리곤 무슨 영문인지 나를 유심히 바라보며 조심스럽게 부르는 것이다.

그녀의 음성은 차분했고, 목소리는 다소 높은 편이었다. 그녀와 나 사이의 간격은 20여 미터 정도 떨어져 있었는데, 일부러 간격을 유지하기 위해 의도적으로 걸음을 멈춘 것처럼 보였다.

"저기요! 아저씨!"

잔뜩 긴장한 나는 그녀의 예상치 못한 부름에 아무런 대꾸도 못하고, 무의식 중에 자리에서 벌떡 일어나 그녀를 가만히 쳐다만 보고 있었다. 서로의 시선이 부담스러웠지만 조심스럽게 눈길이 마주쳤다.

그녀는 나와의 간격이 너무 멀리 떨어져 있어 자신이 전달하고자 하는 말을 내가 알아듣지 못할 수 있다고 판단했는지, 몇 걸음을 더 앞으로 다가와서 차분한 목소리로 처음 질문할 때보다 조금 더 목소리 톤을 높여 말했다.

"저~ 아저씨. 길 좀 여쭤 볼게요. 혹시 이 길을 쭉 따라가면 마을이나 큰 도로가 나오나요?"

그녀의 질문에 나는 어떤 대답을 해야 할지 순간 혼란스러웠다.

갑자기 나타난 인기척이 남자가 아닌 젊은 여자라는 사실과 예상치 못한 질문에 무척 당황했기 때문이다.

자갈길을 쭉 따라가면 북삼교가 나오지만, 인적이 없는 곳이며 마을도 없다.

나는 신중한 태도를 보이며 손짓으로 북삼교 방향을 가리켰고, 그녀의 시선도 내가 손짓하는 방향을 따라 움직였다. 북삼교 방면으로 걸어가면 큰 도로는 나오지만 차량 통행이 거의 없는 곳이며, 마을까지는 1시간 가까이 걸어가야 한다.

나는 이러한 내용을 차분히 말해주었다.

그녀는 나의 답변에 실망한 표정이 역력했다.

아마도 스스로 생각했던 기대나 희망이 어둠 속에 같이 묻혀버렸기 때문일 것이다.

이처럼 낯선 거리를 홀로 여행하는 사람들은 자신이 생각했던 의도와 전혀 다른 의외성을 늘 염두에 두고 다녀야 한다. 잠시 생각에 잠긴 그녀가 다시 내게 질문할 때는 이마에 흐르는 땀을 손수건으로 닦아냈으며, 낯선 사람을 경계하는 듯한 긴장한 표정을 풀지 못한 채 질문을 이어갔다.

짐작하건대, 그녀는 상당히 먼 거리를 걸어온 것 같았다.

"그럼, 북삼교까지 걸어가면 휴대폰 통화는 가능할까요?"

나는 현재 휴대폰을 가지고 있지 않기 때문에 북삼교 근방이 휴대폰 통화 가능 지역인지 불능 지역인지 알 수 없다고 말했다. 늘 물건을 집에다 두고 나오는 버릇 때문에 말복 아저씨 집에 휴대폰을 놓고 왔다.

하지만 북삼교까지 간다고 해도 마을까지는 한참을 더 걸어가야 한다.

조금 전, 환한 대낮인데도 말복 아저씨 집에서 이곳까지 걸어오는데 50여분 이상 소요되었다. 깜깜한 저녁에는 더 많은 시간이 소요될 것이다.

참고적으로 이 근방에서는 말복 아저씨의 동네가 가장 가까운 마을이다.

어둠 속에서는 거리와 방향을 가늠하기가 훨씬 더 어렵다. 낮엔 거리가 가깝게 느껴지던 길도 밤에는 멀게만 느껴지고, 보이는 빛이 도로의 가로등인지 마을의 보안등인지 구분할 수 없다.

나는 그녀에게 칠흑 같은 낯선 시골길을 혼자서 걸어가는 것은 정말 위험하다고 말해주었다.

그녀는 나의 말이 야속하게 들렸는지 무의식 중에 미간을 찌푸리며 "휴." 하고 긴 한숨을 쉬었다.

나는 그녀가 인적도 전혀 없는 낯선 이곳까지 '왜 혼자 걸어왔을까' 하는 의문을 품으며 조심스럽게 질문을 던졌다.

"혹시, 어디 찾아가는 마을이라도 있으신가요?"

하지만 그녀는 상기된 표정이 되었을 뿐, 나의 질문엔 아무런 대답도 하지 않았다. 어떤 사연 때문에 그녀가 이곳까지 걸어왔는지 모르지만, 낯선 사람에게 조급함이나 긴장한 모습을 보이기 싫었던 것 같다. 침착한 모습을 보이기 위해 마음을 진정시키려고 호흡을 조절했지만, 수심이 가득 차 보이는 얼굴 표정으로 보아 그녀가 곤경에 처해있다는 것을 직감적으로 느낄 수 있었다.

어둠이 깊게 번져가는 주변의 하늘과 들판을 번갈아 바라보던 그녀는 나를 빤히 쳐다보고 있었다. 또 아주 잠깐 동안 머뭇거리기는 했지만 내게 다시 차분히 질문을 해왔다.

"이곳엔 아저씨 혼자 있는 건가요?"

나는 짧게 "네."라고 대답했다.

질문하는 그녀의 목소리는 마음의 평정을 지키려고 했지만 음성은

떨렸으며, 눈빛은 흔들리고 있었다. 혼자서 경험하지 못했던 낯선 세상이 자신에게 불행처럼 다가왔기 때문에 불안감이 눈빛에 나타난 것이다.

나는 도움이 되고픈 마음으로 그녀에게 질문했다.

"아가씨, 일행 없이 혼자 걸어오셨나요?"

그녀가 홀로 걸어온 것을 직접 두 눈으로 목격한 내가 일행이 있는지 굳이 물어 본 이유는 혹시라도 일행이 있다면 내가 자청해서 그녀를 도와줄 이유가 없기 때문이다.

괜한 오해를 만들고 싶지 않았다.

하지만 그녀는 이번에도 나의 질문에 아무런 대꾸도 하지 않았다.

나는 우선 그녀 스스로의 결정을 지켜보기로 했다.

굳이 내가 먼저 자청해서 도움을 주겠다고 다가선다면, 그녀는 강한 거부감을 느낄 수밖에 없을 것이다. 현재 나의 존재도 그녀에겐 부담스런 대상이 될 뿐이다.

그녀 스스로가 어떤 결정을 내린 후, 내게 도움을 요청한다면 나는 응하면 되는 것이라고 생각했다.

이제 하늘에는 샛별이 보였다.

고요하고 적막한 밤의 시작을 알리는 신호다.

낮과 어둠의 경계는 순식간에 바뀌게 되는데, 짙어가는 하늘의 모습을 살핀 그녀는 더 이상 시간 허비를 해서는 안 된다고 생각했는지 내게 질문을 멈추고, 망설이던 마음을 추스르며 발걸음을 북삼교 방향으로 옮겨가는 시능을 보였다. 하지만 검게 드리워진 낯선 길을 향해 몇 발자국 옮기는 것도 쉽지 않았던 것인지 힘없이 걸음을 멈춰버렸다. 그녀가 걸음을 멈춘 지점은 내가 밤에 사물들의 모습을 좀 더 주의 깊게 관찰하기 위해 피워놓은 모닥불에서 불과 몇 미터 떨어진 곳이다. 그리곤 그녀는 몸의 방향을 돌려 주위의 사물을 차분히 바라보고 있었다. 아마도 현재 스스로의 상황을 가늠하는 것 같다.

그 순간 나와 눈이 마주쳤다.

그녀의 시선이 빤히 쳐다보고 있다는 걸 느낀 나는 왠지 그녀의 시선이 부담스러워 이제 막 하늘 속에서 하나둘씩 나타나기 시작한 별빛을 향해 눈길을 돌려 버렸다. 어쩌면 그녀는 내가 먼저 자청해서 자신을 도와주길 기대했는지도 모른다. 하지만 그녀의 바람과는 달리 나의 시선은 그녀를 외면한 채, 캔 맥주를 한 모음 들이킨 후, 하늘 속에서 속삭일 것만 같은 바람의 소리에 더 귀 기울였다.

이제 그녀는 한시라도 빨리 낯선 세상을 벗어나 자신의 존재를 외부로 알릴 방법을 찾아야 했다. 하지만 그녀가 처한 현실은 현재 나 말고 도움을 요청할 만한 사람이 그 누구도 없다는 사실이다. 그나마 불행 중 다행인 것이다. 하지만 이곳에서 유일하게 도움을 줄 수 있는 남자가 자신의 딱한 사정을 외면한 채, 하늘만을 바라보고 있자 무척이나 속상하고 야속했던 것인지 더 이상 내게 아무런 기대를 갖지 않고, 굳은 의지를 보이며 북삼교 방면을 향해 빠른 걸음으로 걷기 시작했다. 인사도 없이 시선에서 멀어져 가는 그녀의 뒷모습을 바라만 보고 있던 나는 그녀의 입장에서 생각하지 못한 것에 대한 미안함이 들었다. 또 이대로 위험한 밤길을 여자 혼자 걸어가게 놔두어서는 안 된다고 생각했다. 내가 자리에서 벌떡 일어나 막 그녀를 부르려고 하는 순간이었다. 그런데 그 짧은 순간, 그녀는 금세 생각이 바뀌었는지 향하던 발걸음을 멈칫하더니 다시 방향을 돌려 내게로 성큼성큼 걸어오는 것이 아닌가?

'그녀가 어떤 의도로 다시 되돌아 오는 걸까?' 의아한 표정을 지으며 생각하던 나는 다가오는 그녀를 멀뚱멀뚱 쳐다만 보고 있을 수밖에 없었다. 어느새 내게 바로 마주 선 그녀는 현재 자신의 처지가 자존심을 내세울 상황이 아니라고 판단한 것인지 아까와는 사뭇 다른 절실한 목소리로 변하여 내게 공손히 도움을 요청하는 것이다.

"저~ 아저씨. 어려운 부탁인데요. 마을까지 저와 같이 동행해 주실 수 있을까요?"

순식간에 벌어진 일이다.

만약 아무런 도움도 주지 못한 채, 그녀를 낯선 곳으로 그냥 보냈다면 난 걱정과 후회 속에서 불편한 밤을 지새웠을 것이다.

세상을 살아가다 보면, 난처한 상황을 누구나 한번쯤은 경험하게 된다.

또, 자신이 감당할 수 없는 처지나 상황에 놓이게 되면, 당황하게 되고 주저하게 된다.

그녀의 용기는 스스로를 보호하고 싶은 간절함으로 모르는 낯선 남자에게 도움을 요청한 것이다.

나는 처음부터 그녀에게 도움을 주겠다고 생각했기 때문에 당연히 아무 망설임 없이 마을까지 동행해 드리겠다고 공손히 말했다.

나의 대답에 그녀의 얼굴엔 다소 수심이 걷히는 것처럼 보였다.

나는 얼른 배낭 속에서 손전등을 꺼내 스위치를 ON에 위치시켜 보았다.

그런데 공교롭게도 전지가 모두 소모되었는지 불빛이 아주 희미했다.

아! 이런!

뻘쭘하고 정말 당황스럽다.

손전등이 제대로 작동해도 이동이 쉽지 않은 상황인데, 희미한 전구 빛마저 언제 꺼질지 모르는 상황이라면 이동은 불가능하다.

그녀에게도 나에게도 난처한 상황이 벌어졌다.

* * *

나는 그녀와 눈을 정면으로 마주치지 않으려고 노력했다.

그것은 강자인 내가, 약자인 그녀를 배려하는 마음이다.

현재 이곳에는 그녀와 나, 단둘뿐이다.

낯선 곳에선 약자들이 강자의 눈치를 살필 수밖에 없다.

난처한 상황 속에서 강자와 눈길이 정면으로 마주친다면, 약자들은 겁을 잔뜩 집어먹거나 당황하기 마련이다.

더구나 젊은 아가씨였기 때문에 더욱 상황은 복잡해졌다.

나는 최대한 온화한 표정으로 그녀를 바라보며 생각했다.

현재 그녀와 내가 위치한 임진강 여울은 아주 깊은 오지는 아니지만, 휴대폰 통화 불능 지역이다. 또한 전등이 없다면 몇 발자국도 이동이 어려운 깜깜한 저녁이 되었다. 이미 전지가 모두 소모된 손전등을 켜고서 이동하다가 작동 불능 상태가 된다면, 그녀는 어둠의 깜깜한 공포 속에서 걸어가야 할 것이다. 익숙하지 않은 길에서는 엉뚱한 방향의 길로 진입할 수 있고, 그런 상황 속에선 사고 발생 확률이 높아진다. 물론 가정이지만, 그녀와 나 둘 중 한 사람이라도 이동 중에 걸음을 헛디뎌 발목이라도 접질리는 상황이 발생한다면 지금보다 상황은 훨씬 나빠질 것이다.

지금으로써는 이곳에서 그녀와 함께 밤을 지새운 다음, 날이 밝은 아침에 이동하는 것이 최선의 선택이라고 나는 판단했다.

도시의 저녁은 환한 조명과 많은 시선들이 감시자 역할을 하기 때문에 이동이 편리하다. 하지만 시골의 저녁은 암흑이 된다. 사람의 시력은 불을 이용하면서부터 퇴화되기 시작했다. 보안등 하나 없는 껌껌한 자갈길을 이동하는데 손전등마저도 재 기능을 할 수 없다면, 당장 몇 걸음 옮기기도 어렵다.

이미 전지가 다 소모돼버린 손전등 하나에 의지하여 암흑 같은 낯선 길을 이동하는 것은 너무도 무모한 짓이다.

나는 이런 이유를 들어, 그녀에게 현재 이동은 불가능한 상황이라고 설명했다.

* * *

그녀 자신은 어떻게 해서 이곳까지 왔는지 정확히 모른다고 했다.

다만 이 지역 중면에 살고 계신 삼촌 집을 방문했다가 다시 집으로 귀가하던 도중, 저물어가는 태양이 들판의 갈대 숲과 여울의 자갈밭을 온통 붉은 빛으로 물들게 하는 풍경을 보았다고 한다. 거대한 구름도 힘 센 바람도 잠시 이동을 멈췄다. 아마도 그녀가 발견한 풍경은 하루 중에서 세상이 가장 아름답게 보이는 시간이었을 것이다. 또한 이곳 북삼리를 흐르는 임진강은 얕은 수심 탓에 강바닥을 훑고 흐르는 빠른 물살에 떠밀린 모래가 곳곳에 쌓여 여러 개의 작은 모래섬을 만들었다. 마치 바다 위에 떠있는 여러 개의 쓸쓸한 섬처럼 보였을 것이다.

그녀는 아무런 망설임도 없이 승용차를 운전하여 임진교 아래 들판의 비포장 길을 따라 아름다운 풍경이 보이는 곳까지 한참을 달려왔다고 한다.

차에서 내린 그녀는 인적 없는 고요한 풍경 속에 흐르는 물줄기를 보았고, 온통 붉은 빛으로 물들어가는 공간의 아름다움을 보았을 것이다.

강변 위에 일찍 피어버린 코스모스는 실바람의 고집을 꺾지 못하고 옆으로 잠시 기우뚱거리며 기울어졌다가 다시 그리운 제자릴 찾아왔다.

늦여름의 고추잠자리 떼들은 푸른 하늘을 날아다니며 공간의 허전함을 메우고 있었고, 흐르는 임진강의 넓은 강폭 사이사이에는 얕은 바닥을 빠르게 훑고 지나가는 여울이 만들어졌다.

그녀는 평화로운 고요 속에서 자연의 풍경을 감상했다고 한다.

하지만 이처럼 아름다운 환한 낮의 세상에서 어스름한 저녁의 기운이 느껴지는 또 다른 세상은 금세 찾아온다.

아름다운 풍경은 고요 속에서 더욱 아름답게 보이게 되지만, 분명 그녀가 느껴야 할 시간의 흐름은 시각 안에 붙잡혀 정지되어 버렸다. 그녀의 본능이 어스름한 기운을 감지하고 집으로 귀가해야겠다는 생각이 들었을 때, 이미 날은 황혼 빛에 휩싸여 잠시 밝아졌다가 순식간에 어둠의 그림자가 깔렸을 것이다.

당황한 그녀는 시간을 많이 지체한 것을 후회하며, 인적 없는 이곳을 빨리 벗어나기 위해 급히 운전을 했다고 한다. 그런데 지난 달 장마철에 만들어진 진창구덩이를 미처 발견하지 못하고 그만 차의 앞 바퀴가 진창에 빠진 것이다.

지나간 태풍과 장마로 인해 비포장 길 곳곳이 울퉁불퉁했고, 땅이 꺼져있었기 때문에 주위를 더욱더 신중히 살피면서 운전해야 했지만, 서둘러 낯선 길을 벗어나야겠다는 조급함 때문에 그만 실수를 범한 것이라고 했다.

구덩이를 빠져나가기 위해 액셀러레이터를 더욱 힘껏 밟아 보았지만 차의 앞 바퀴는 계속 헛돌았다. 도움을 요청하기 위해 부모님, 친구, 삼촌 등 많은 사람들에게 전화통화를 시도했지만, 통화지역이탈이라는 메시지가 휴대폰 액정에 선명히 찍혀 있었다고 한다.

큰 도로까지만 걸어가면 도움을 요청할 수 있겠다는 생각이 들어, 왔던 길을 따라 되돌아 '걸어가 볼까?' 하는 생각도 했지만, 자동차로 달려온 거리가 만만치 않은 상태여서 혼자 낯선 길을 걸어가는 것이 너무나 두려웠다고 했다. 또한 이제 곧 날이 어두워질 것 같아 걸어가는 것을 스스로 포기한 것이다.

북삼교와 임진교 사이에 위치한 이곳은 군부대 군사작전 지역이면서 휴가철을 제외하고는 외부 일반인들과 지역주민의 모습이 거의 눈에 띄지 않는 곳이다.

그렇다고 해서 이곳이 아주 깊은 오지는 아니지만, 어둠의 두려움을 경험하지 못한 그녀에겐 껌껌한 저녁의 그림자가, 곧 공포로 다가왔을 것이다.

어둠은 방심하는 순간에 찾아오며, 자연 속에서 조난을 당하는 사람들 대부분은 이런 어둠을 인식하지 못해 고립되는 것이다.

어스름한 어둠이 깔릴 무렵, 아무리 주위를 둘러 보아도 온통 자갈밭뿐이며, 아무도 자신을 도와줄 사람이 없다고 판단하여 낙담하고 있었을 때, 자신의 위치에서 그 나마 멀지 않은 곳에 불빛이 보여 마을이 가까이 있을 수 있다는 희망을 품고 도움을 청하기 위해 지푸라기라도 잡는 심정으로 여기까지 걸어왔다는 것이다.

날이 완전히 저물면 홀로 밤을 보내야 한다는 절박함과 두려움 때문에 어쩔 수 없는 최선의 선택이라고 판단한 그녀는 용기를 내서 들판의 자갈길을 따라 이곳까지 걸어온 것이라고 했다.

그러나 두려움을 이겨내고 자갈길을 따라 혼신의 힘을 다해 걸어왔지만 그녀의 희망과는 달리 어떤 낯선 남자가 홀로 모닥불을 피우고 앉아 있어 절망적인 심정이 들었다고 한다.

정리하자면, 그녀는 내가 밤을 지새우기 위해 피워놓은 모닥불 불빛을 멀리서 발견하고는 도움을 요청하기 위해 이곳까지 걸어오게 된 것이다.

그녀는 자신이 이곳까지 걸어 올 수밖에 없었던 상황을 나에게 모두 설명하고는 다시 모닥불과 하늘을 번갈아 응시하며, 자신의 심정을 어색한 침묵으로 대신했다.

나는 결코 그녀의 마음에 동요되지 않고, 밤하늘의 자비로운 정령들처럼 온화하고도 차분한 마음으로 그녀가 말하는 얘기를 모두 경청했다. 마음 한편으론 그녀의 말을 끝까지 듣는 동안 조금이라도 그녀의 불안을 덜어주고 싶었던 생각으로 그녀의 말에 동조하기도 했고, 탄성을 내기도 했다. 또한 나는 당신의 모든 상황을 충분히 이해할 수 있다는 몸짓으로 고개를 끄덕이기도 했다.

그녀가 길을 잃게 된 사연을 내게 모두 설명하는 동안, 이제 그녀와 내가 바라볼 수 있는 빛은 모닥불과 하늘 속에 하나둘씩 나타나는 별빛이 전부인 세상이 되어버렸다.

세상의 모든 사람들이 이제 어둠을 피해 밝은 곳으로 이동하는 저녁이 된 것이다. 강기슭 위에서 자라는 작은 나무들의 모습도, 강가의 풍경도 이젠 보이지 않았다.

＊ ＊ ＊

처음 그녀와 마주쳤던 순간 미인이라는 것을 알았지만, 다시 한 번 마음을 차분히 가라앉히고, 모닥불 빛을 통해 그녀의 모습을 찬찬히 살펴보았다.

처음 마주친 순간, 느꼈던 느낌보다도 지금 현재의 느낌이 훨씬 청순하고 아름다운 모습이다. 감히 근접할 수 없다는 생각이 들었고, 신분의 차이 같은 생각도 들었다. 그녀는 아직도 상기된 표정으로 자신이 생각한 무언가를 또 다시 내게 말하려고 하는 것 같았는데, 낯선 환경 때문인지 망설이며 아무런 말도 하지 못하고 침묵하는 듯했다. 낯선 남자에 대한 경계심 또는 적막과 고요 속에서 스스로를 걱정하는 마음이 경직된 행동으로 나타난 것이다. 나는 불안해 하는 그녀를 위해 되도록이면 눈을 마주치지 않으려고 전방의 하늘을 주시하면서 이런 생각을 했다.

젊음은 자유로운 생각을 통해 성장해 가는 것이라고….

문득 어디론가 떠나고 싶다거나.

누군가를 그리워한다거나.

홀로 고독을 즐기고 싶다거나.

그녀처럼 길을 가다가 아름다운 풍경이 눈에 띄게 되면, 가던 길을 가지 않고 아름다운 풍경이 보이는 곳을 쫓아 무작정 따라간다거나.

이런 행동과 생각을 하는 것은 젊음 속에서 분출하고 싶은 자유가 꿈틀거리기 때문이라고 생각했다.

어쩌면 이 대책 없는 아가씨와 나는 삶을 살아가면서 틀 안에 갇혀 버린 속박을 풀어낸 것인지도 모른다.

✳ ✳ ✳

마치 별들은 수많은 삶의 모습처럼 경쟁하듯, 계속해서 나타나고 있었다.

도시에서 볼 수 없던 마술 쇼가 이제 막 시작된 것이다.

이 마술 쇼는 관객들이 많든 적든 매일 밤 열린다. 흐린 날, 비 내리는 날엔 공연이 잠시 중단되지만, 비가 그친 다음날에는 더욱더 화려한 쇼가 시작된다.

밤하늘에 이렇게나 많은 별빛이 존재하는지 몰랐다는 표정으로 그녀는 감탄하고 있었다. 그녀의 눈에 비친 하늘에 모습이 어떤 모습인지 궁금했지만, 굳이 물어볼 필요는 없었다. 하늘 속 세상을 숨죽이며 바라보는 그녀의 얼굴 표정이 질문은 무의미하다고 말해주었기 때문이었다.

고요와 정적 속에 하늘은 아름다운 침략자들에게 점령당했다.

이 침략자들은 영토를 더욱더 넓혀가고 있다.

도시의 밝음 속에서는 밝은 물체들이 잘 보이질 않는다.

물론 오염된 대기도 원인이지만.

반대로 깜깜한 어둠 속에서는 밝은 물체들이 더욱 눈에 잘 띄고, 반짝거리게 된다.

고요함 속에서 잠시 동안 하늘을 관찰하던 그녀가 문득 이 남자는 '왜 이런 곳에 혼자 있는 걸까?' 하는 의문이 들었는지, 아니면 정적 속에 서로의 침묵이 어색한 분위기를 만들었는지 모르겠지만, 나의 정체가 궁금한 듯, 조심스럽게 질문해왔다.

"아저씨는 왜 혼자서 여기 있는 거예요?"

나는 친구 아버지 소유의 별장을 수리하기 위해 이곳 북삼리에 왔으며, 해 저무는 아름다운 풍경이 가장 잘 보이는 이곳에서 밤을 보낼 생각으로 야영을 하게 된 것이고 설명했다.

그리고 나는 문득 생각했다.

어둠이 깔린 어느 저녁, 임진강 강가에서 홀로 모닥불 빛에 의지하여 고요한 밤을 지새운다는 것을….

그런데 다가온 어떤 낯선 인기척은 젊은 여자라는 사실과 그 여자는 감히 내가 근접할 수도 없을 만큼 아름다운 여인이라는 것을….

모닥불 빛에 비친 그녀의 복장은 흰 면 남방에 검정색 면바지, 운동화를 신고 있었다.

얼굴은 가름한 달걀형에 머리 스타일은 긴 생머리였다.

작은 바람만 불어도 그녀의 머리카락은 하늘위로 향할 것 같았으며, 한눈에 반할만한 미모였다.

그녀의 신비스런 모습에 어쩌면 내가 환영幻影***을 보는 건지도 모른다는 착각이 들었으며, 떨리는 마음을 진정시키기 위해 분간도 할 수 없는 어느 공간을 응시하기도 했다.

마시고 있던 캔 맥주를 한 모금 들이키고 나서 더 이상 맥주를 마시지 않고 캔을 만지작거리며 마른 침을 삼켰다.

모르는 남녀가 마주보고 앉아있어 분위기는 어색했지만, 나는 그녀를 처음 본 순간부터 설렘을 느끼고 있었다.

나와는 반대로 그녀는 낯선 곳에 대한 두려움을 떨치기 위해 하늘 속에 수많은 별빛을 유심히 바라보며 용기를 가지려는 듯 보였다.

그녀는 나의 작은 움직임 하나하나에 움찔했으며, 주위의 암흑 같은 어둠과 식물들이 자라면서 들려주는 성장의 소리에 온통 신경을 곤두세우곤, 불쾌한 표정으로 뒤돌아보기도 했다.

귓가에 어렴풋이 들려오는 '틱틱' 소리의 정체는 수많은 식물들의 마디나 줄기가 경쟁하듯 한꺼번에 커가는 소리다. 바람이 그 미세한 소리를 우리에게 전해준 것이다.

우리는 서로에게 번민과 갈등이 생길 수밖에 없는 불편한 처지가 돼

*** 환영幻影: 눈앞에 없는 것이 있는 것처럼 보이는 것

버렸지만, 나는 결코 이 아름다운 밤을 잊지 못할 것이라고 생각했다.

불안에 휩싸인 그녀를 안심시키기 위해 나는 온화한 표정으로 그녀를 바라보며 진심으로 말했다.

자연 속에 홀로 놓이게 되면 아무리 침착한 사람도 당황하게 마련이며 어둠은 온통 세상을 정적으로 만들어 버리기 때문에 아가씨는 스스로를 걱정하는 마음이 생겨난 것뿐이라고. 또한 나는 충분히 아가씨의 상황을 이해할 수 있다고 말했으며 난 도덕적인 사람은 아니지만, 결코 아가씨께 나쁜 마음을 갖고 있지 않다는 점도 꼭 알아주셨으면 한다고 말해주었다.

그러니 부디 편한 마음을 가지길 바란다는 부탁의 말도 했다.

물론 아가씨에 대한 약간의 설렘과 뜻하지 않은 말동무가 생겨 밤을 지새우는데 무료하지 않고, 좋은 추억이 될 것이라는 긍정적인 마음도 솔직히 털어놓았다.

이제 밤에만 나타나는 하늘 속의 사물事物****들이 쓸쓸한 섬이 되어 하늘의 푸른 바다를 아름답게 비추고 있었다. 나와 그녀는 푸른 바다 속에 떠있는 수많은 빛나는 섬들을 가만히 바라볼 뿐이다. 이처럼 아름다운 상념으로 하늘 속에 바다를 바라보게 된다면 나쁜 생각이나 이기적인 마음은 사라진다.

나는 그녀에게 자신을 신뢰한다면, 상대방도 신뢰해 달라고 말했다.

**** 사물事物: 모든 개별적인 물건을 지칭함

또한 내일 날이 밝으면 진창에 빠진 자동차를 빼내어주고, 책임지고 안전한 곳까지 동행해 주겠다는 약속도 했다.

그녀도 나의 말에 동의하는 듯 살짝 미소 지으며, 가볍게 고개를 끄덕였다.

잠시 하늘을 응시하던 나는 다시 그녀를 바라보며 공손한 마음으로 부드럽게 말했다.

"마실 거라도 드릴까요?"

그녀는 아직은 갈증이 나지 않는다고 말하면서 정중히 사양했다.

우리는 다시 잠깐 동안 침묵하며 모닥불과 하늘을 응시하고 있었다.

누군가 여행을 떠나왔다면 홀로 밤을 지새우는 사람은 몇이나 될까?

우연히 길을 잃은 아름다운 아가씨와 밤을 같이 보낼 수 있는 확률은 얼마나 될까?

우주의 무한한 공간에서 일어날 수 있는 일들을 상상해 본 사람이라면, 그녀와 나의 인연은 너무도 시시한 일이 되어 버린다.

우주를 구성하는 물질의 90% 이상이 암흑물질과 암흑 에너지이다.

암흑 에너지의 밀어내는 힘에 의해 우주는 현재, 지난 과거보다 더 빠른 속도로 팽창 중이다.

아마도 수학 체증의 법칙이 적용되는 것 같다.

또 우리가 밤에 느끼는 어둠이 바로 암흑물질이다.

인류는 아직까지 암흑물질과 암흑 에너지가 어떤 성분의 물질로 구성되어 있는지 전혀 밝혀내지 못하고 있다.

깜깜한 저녁, 암흑물질이 사라진다면 세상은 어떤 모습으로 보이게 될까?

미처 우리가 살필 수 없었던 또 다른 차원, 세상의 입구가 보이진 않을까?

✳ ✳ ✳

북삼교 아래로 흐르는 임진강의 여울에는 빠른 물살과 얕은 수심 탓에 떠밀린 모래가 쌓여 곳곳에 모래 섬이 만들어져 있다. 비가 많이 오는 장마철에는 모래 섬이 모두 잠겨 버리지만 평상시에는 수많은 모래 섬 사이로 실핏줄 같은 여러 물줄기가 서쪽으로 흘려 한강과 합류한다.

그녀와 내가 마주앉아 있는 곳은 얕은 물줄기가 흐르는 모래 섬이다.

밤의 한가운데에 놓인 그녀와 나는 고요함 속에 스스로의 생각들을 하늘 속 도화지 안에 그려놓고 있었다. 수많은 그리운 사람들과 자연의 사물들이 하늘 속 도화지 안에 그려졌다가 다시 지워졌다. 생각이 많아진 것만큼 새로운 별들도 끊임없이 나타났다.

문득 그녀의 시선이 향하는 곳이 궁금했다.

그녀의 고개는 한곳에 고정되어 한참을 바라보고 있었다.

그녀도 나와 같은 생각으로 하늘 속에 스스로 간직할 그림들을 그리고 있는 듯했다. 이때 그녀의 등 뒤 쪽, 아득히 먼 하늘에서 유성 하나가 유령처럼 미세한 휘바람 소리를 내며 떨어졌다. 나는 떨어지는 유성을 그녀에게 알리지 않고 혼자 마음속으로 소원을 빌었다.

＊ ＊ ＊

그녀에게 캔 맥주와 점퍼를 건넸다.

8월말, 밤에는 기온이 많이 내려가기 때문에 밤의 서늘함을 견디는 데 도움이 될 것이라고 말했다. 그녀는 약간 망설였지만, 이번에는 미소를 보이며 내가 건넨 점퍼를 입었고 캔 맥주도 받았다.

캔 맥주를 한 모금 마시면서 그녀가 내게 먼저 말을 건넸다.

"아저씨는 마을에서 이곳까지 걸어왔다고 했는데, 시간은 얼마나 걸렸나요?"

질문하는 그녀의 목소리는 한결 차분해졌고, 음성은 맑았다.

나는 친구 아버지 소유인 별장에서 이곳 북삼교 아래 강 여울까지 약 50분을 걸어왔다고 말했다. 또한 어제 군대 후배가 살고 있는 전곡에서 1박을 한 후, 오늘 이곳 북삼리에 도착한 것이라고 말했으며, 이곳에서 밤을 보내기 위해 모닥불을 피웠는데, 마침 우연찮게 아가씨와 함께 밤을 지새우는 행운이 찾아온 것이라고 말했다.

물론 아가씨의 입장에서는 불행일 거라는 말도 했다.

모닥불만을 응시하던 그녀가 다시 고개를 들어 나를 빤히 쳐다보면서 여행을 자주 다니냐는 질문을 했다.

나는 그녀의 질문에 미소를 보이면서 여행을 자주 다니지는 않지만, 밤을 지새우는 것은 즐거운 일이라고 대답했다. 어쩌면 그녀는 나의 대답에 마음속으로 흠칫 놀라 나를 이상한 사람으로 생각했을 것이다.

하긴 깜깜한 밤, 낯선 세상에서 홀로 밤을 지새우는 미친놈이 몇이나 되겠는가?

그녀의 쓸쓸해 보이는 표정이 더욱더 나를 이상한 사람으로 느껴지게 만들었다.

나는 어릴 적부터 버릇처럼 밤하늘을 바라보는 걸 좋아했다.

수백만, 수천만 광년이나 떨어져 있는 저 영원永遠같은 물체를 바라보면, 하늘은 푸른 바다로 보이며, 별들은 아름다운 섬으로 보이게 된다.

그리고 그 푸른 바다엔 아직도 성장하지 못한 소년이 배 안에서 노를 저으며 아름다운 섬들 사이로 항해航海하는 상상을 하곤 한다.

우리의 대화가 잠시 멈추어 있는 이 순간에도, 영원히 변하지도 떠나가지도 않을 것 같은 아름다운 형상이 우리 두 사람의 눈 안에 고여 있었다.

가만히 하늘만 보고 있던 나는 문득 그녀의 이름이 궁금하여 질문했다.

"아가씨. 성함이 어떻게 되나요?"

"요정이요. 김요정."

"아! 정말 예쁜 이름이네요. 아가씨는 정말 요정 같아요."

내가 그녀의 이름을 듣고 감탄하는 순간, 그녀는 자신의 말이 진심이라는 듯 강조하며 진지한 표정으로 다시 말했다.

"아저씨. 저 진짜 요정이에요."

너무도 진지한 표정으로 변한 그녀의 얼굴, 자신이 진짜 요정이라고 강조하는 그녀의 뻔뻔한 표정을 빤히 쳐다보던 나는 스스로 당황하여 더 이상 아무 말도 하지 못했다.

어쩌면 정말 이 수수께끼 같은 아가씨가 진짜 요정일지도 모른다는 바보 같은 생각이 든 것이다.

내가 집이 어디냐고 물었더니, 그녀는 장난기 어린 표정으로 손가락을 하늘 속의 어느 별을 가리키고 있었다.

모닥불 빛 속에 비친 그녀의 모습은 화장기 하나 없고 약간은 창백해 보이기는 했지만 정말 아름다운 요정의 모습이었다.

맑은 눈동자, 달걀 모양에 갸름한 얼굴, 하얀 피부, 가끔은 쓸쓸해 보이는 표정과 맑은 음성, 나는 그녀가 내 앞에 마주앉아 있다는 사실만으로도 마음이 번잡스러웠다.

그래서 되도록이면 말없이 묵묵히 하늘의 어느 공간을 응시하고 있었다.

내 마음이 나무의 기둥이라면, 생각들은 나무 가지가 될 것이다.

번잡스런 생각은 안타까운 추억을 쫓아 나무 가지가 자라나는 것처럼 하늘을 향해 자라나고 있었다.

하늘과 모닥불만을 번갈아가며 응시하는 내가 신기한 사람처럼 느껴졌는지, 그녀는 지금까지 자신이 경험하지 못했던 새로운 세상을 바라보며 궁금한 점을 질문하기 시작했다.

"아저씨는 혼자 껌껌한 곳에 있으면 무섭지 않나요?"

"무섭지요."

"무서운데 왜 혼자 왔어요?"

홀로 밤을 지새우는 것은 가혹한 형벌이다.

누구나 처음 칠흑 같은 어둠 속에서 홀로 밤을 지새우게 되면, 희망은 사라지고 공포가 엄습해온다고 말했다.

그녀는 가혹한 형벌이라는 나의 답변에 이해할 수 없다는 엉뚱한 표정이 되어 잠시 무언가를 곰곰이 생각하더니 다시 호기심 가득한 시선으로 변하여 질문했다.

"두렵고 무서운데 왜 밤을 혼자 보내요. 가혹한 형벌이라면서요?"

나는 가볍게 고개를 끄덕이며 그녀의 말에 동의했다.

내가 처음 밤을 홀로 지새우던 날, 나는 두려움 속에서 마치 내가 노인이 되어 버린 것 같은 세월을 살아온 느낌이 들었으며, 시간은 더디게 흘러갔다고 고백했다.

어느 누구나 어둠에 익숙하지 않다.

그것은 어둠이 낯설고, 밝음에 익숙하기 때문이다.

도시의 저녁엔 어둠이 사라진지 오래되었다.

또한 어둠은 늘 공포의 대상이며, 사람들이 활동할 수 없게끔 붙잡아 둔다.

그래서 사람들은 어둠이 찾아오게 되면 밝은 쪽으로 이동하든가, 활동을 멈추고 잠자는 것 같다.

적막한 어둠 속에서는 고요가 찾아오는데, 어둠의 고요 속에서 내면은 강해진다.

내가 19살 되던 해, 처음 홀로 여행을 떠나 밤을 지새웠던 경험담을 그녀에게 들려주었다.

만약 누군가 한 여름의 시간 속에서 여행을 떠나왔다면, 가장 아름다운 하늘의 풍경은 잠시 찾아온다. 하지만 하늘의 색깔이 붉은색에서 검정색으로 바뀌어가는 순간, 세상의 모든 아름다운 상념들은 순식간에 공포로 변하게 된다.

어느 낯선 산속에서 홀로 처음 밤을 지새우던 나는 두려움을 이기기 위해 모닥불 피웠고, 야전삽을 두 손으로 꼭 쥔 채 저녁을 맞이하게 되었다.

나는 1시간이 채 지나기 전에, 여행을 떠나온 것을 후회하기 시작했다.

아무런 생각도 할 수 없었고, 머릿속은 백짓장처럼 하얗게 변해버렸으며, 한참을 두려움으로 모닥불만 응시하고 있었다.

내가 모닥불만을 응시한 이유는 시선으로 볼 수 있는 유일한 사물이 모닥불뿐이었기 때문에 그나마 안도감이 들어서였다.

보이지 않은 밤의 세상 속에서는 온갖 이상한 소리들이 들려오고 스스로 상상한 형상이 두려움으로 다가오기 마련이다.

이때 내 등 뒤에서 이상한 부스럭 부스럭거리는 소리가 들려 왔는데, 나는 어둠의 공포 때문에 차마 뒤를 돌아볼 수 없었다.

앞만 바라보며 공포를 이기기 위해 고래고래 소리치며, 노래를 부르고 고함도 질렀다.

그러나 노래를 부르고 고함을 지르는 순간에도 공포는 떠나지 않았다.

머리카락이 쭈뼛쭈뼛 서고 온 몸에 닭살이 돋고 몸은 서늘해졌다.

처음 어둠이 깔린 초저녁부터 자정이 가까워지는 시간까지 야전삽을 두 손으로 꼭 쥔 채, 같은 자세로 쭈그리고 앉아 미동도 하지 않고, 어서 두려운 밤이 지나가기만을 바라고 또 바랐다.

오줌도 마렵고, 같은 자세로 몇 시간 동안 움직이지도 못하고 계속 앉아 있었더니 허리도 아프고 다리도 저려왔다.

귓가에 맴도는 이상한 부스럭 소리….

드디어 내 인내심도 한계에 도달했다.

몇 시간 동안 공포 속에 사로 잡혀 있던 나는 부스럭 부스럭거리는 소리가 어디서 들려오는 것인지 확인하기 위해 용기를 내서 뒤돌아보았다. 또 등 뒤에 서 있는 자연의 사물들을 손전등으로 세심하게 비추며 살폈다.

한참 후에야 알게 된 부스럭 부스럭 소리의 범인은 어이없게도 작은 벌레였다. 내가 앉아 있던 주변에 작은 벌레 한 마리가 풀숲을 기어 다니며 마른 나뭇잎 부스러기와 맞닿은 다리의 마찰로 인해 생긴 아주 미세한 소리가 나를 공포 속에서 몇 시간 동안을 붙잡아 둔 것이다.

밤에는 시각보다 청각이 특히 예민해지는 것인데, 어둠 속에선 작은 생물의 미세한 움직임에도 사람들에게 기민한 상상을 하게끔 하여 공포를 만들어낸다.

다음날, 나는 더 이상은 밤을 지새울 용기가 없어 집으로 급히 돌아왔다.

내가 지난 과거, 밤의 공포 속에서 떨었던 기억을 숨김없이 얘기하는 동안 그녀는 내 얘기를 신중히 경청하며 호기심을 보이기도 했고, 가벼운 미소를 보이기도 했다. 특히 벌레 기어가는 소리 때문에 몇 시간을 공포 속에서 떨었다는 나의 말엔 정말 공감이 되는지 고개를 끄덕거렸다.

그녀는 지금 내가 지난 과거에 공포 속에서 떨었던 두려움을 느끼고 있을 것이다.

＊ ＊ ＊

나는 의도적으로 아무런 말도 하지 않은 채, 그녀와 눈을 마주치지 않으려고 모닥불만 응시했다. 하지만 그녀는 나의 침묵에 동의할 수 없다는 표정으로 얼굴에는 더욱더 호기심이 증폭되어 질문을 계속 이어갔다.

"그럼 아저씬 혼자 밤을 지새우면서 무슨 생각을 하는 건가요?"

질문하는 그녀의 눈빛은 호기심으로 변했다.

나는 과거를 회상하기도 하고, 미래의 대한 성장을 기도한다고 말했다.

"어떤 회상과 성장을 말하는 거예요?"

"그냥 이것저것…"

사람들은 누구나 복잡한 구조의 도시 생활을 하다 보면 많은 번민과 고민을 하게 된다. 어쩌면 나를 포함한 많은 사람들은 잘못된 행동이라는 것을 인지하면서도 자신의 편의를 위해 규칙이나 양심을 스스로 포기해 버린다.

그리고 그런 행동을 합리화시키기 위해 실수인 것처럼 조작해 버리기도 한다.

바로 그것이 억지라고 말했다. 그 억지스러운 고집을 버릴 수만 있다면, 나는 내 자신 스스로를 걱정하는 모습을 발견하게 될 것이라고 생각했다.

이런 생각들 속에서 하늘을 바라보게 된다면, 하늘은 변함없이 쓸쓸한 모습으로 보이게 된다. 잠시나마 복잡한 일상을 벗어나 홀로 밤하늘을 바라보며 느끼는 상념들, 신비스런 자연의 기운, 새로운 모습으로 변해갈 미래, 이 모든 생각들이 깜깜한 하늘 속에 그려지고 있었으며, 이런 많은 생각들을 하다 보면 깜깜한 어둠의 공포를 극복하는데 도움이 될지도 모른다고 여겼다.

"아저씨, 혹시 믿는 종교가 있나요?"

"아니요."

"그럼 누구한테 기도해요?"

"밤하늘 속에 존재하는 자연의 기운을 생각하며 기도하지요. 이 밤의 두려움을 이기게 해 달라고."

"자연의 기운? 아저씨. 무섭다! 그럼 혹시 귀신들한테 기도하는 건가요?"

나의 대답에 깜짝 놀란 그녀는 기운의 존재를 어떻게 확인할 수 있는 것인지, 또 왜 내가 그런 사상을 지니고 있는지에 대해 의아해 했다.

물론 그녀의 생각이 보편적이며 상식적이라는 것을 인정한다.

나는 그녀를 신중히 바라보며, 나 또한 귀신은 두렵고 무서운 존재라고 말했다. 하지만 자연의 기운은 귀신이 아니다.

사람들은 익숙하지 않은 환경에 홀로 놓이게 되면, 스스로 쓸데없는 상상을 하여 공포의 대상을 만들어 버린다. 그것이 사람들 생각 속에 귀신이 존재하는 이유이다. 이런 생각들이 편견과 두려움을 만들어 내는 것이다. 우리가 상상하고 생각하는 귀신은 공포를 심어주겠지만, 자연의 기운은 내면의 성장을 도와준다.

과거를 일들을 생각하며 반성한다거나, 자신의 미래의 모습을 그려본다거나, 이런 생각이 드는 것은 자연 속에서 스스로 성장하는 증거이다. 마치 낮에는 가만히 잠자는 것 같은 식물이 모두가 잠든 밤에

무럭무럭 자라나는 모습처럼.

우리는 직접 눈으로 확인할 수 없지만, 다음날 식물을 다시 보면 지난밤 많이 자랐다는 것을 느낄 수 있다.

물론 나 자신도 자연의 기운을 정확히 설명할 수 없다. 다만 익숙해지면 느낄 수 있을 것이다. 나무가 커가고, 꽃과 잎이 피어나고, 생명이 태어나고, 때론 쓸쓸한 모습으로 생을 마감하지만 자연 속으로 돌아가려는 본능적인 기운 그리고 혼탁함이 없는 것, 바로 그것이 자연의 기운인 것이다. 그 기운은 우주 안에 존재하는 질서이며, 모든 사물과 생물안에 자리 잡은 고유한 본능이다. 또한 사람의 마음이란 늘 번잡스러워서 선을 행하고자 노력하는 사람은 끊임없이 선을 쫓아 자신의 부족함을 선한 마음으로 채우려 하고, 어두운 생각과 편견에 사로잡힌 사람은 약한 마음으로 더욱 약한 마음을 품게 된다. 때문에 나는 마음의 균형을 잡기 위해 이 밤을 깊은 상념 속에서 보내는 것이다.

지금 그녀와 내가 바라보는 밤하늘에도 자연의 기운은 존재한다.

그 자연의 기운은 숲과 들판과 공간에 서려있기도 하고, 지금 우리가 대화를 나누는 가까운 곳에 존재하기도 한다.

나의 부모님께서도 이미 오래 전에 자연의 일부가 되셨다.

나는 어릴 적부터 별빛을 바라보며, 공상하거나 상상하는 것을 좋아했다.

아마도 이 우주 속, 수많은 행성들 중에는 나와 같은 생각으로 살아가는 바보가 한 명쯤은 있을 것이다. 그 바보는 나처럼 어느 거리를 홀로 걷기도 하고, 낯선 장소에서 낯선 공간을 바라보며 밤을 지새우기도 할 것이다. 또는 어느 낯선 곳을 홀로 여행하다가, 우연히 길 잃은 어느 아름다운 아가씨를 만나 지금 내가 바라보고 있는 밤하늘을 바라다보면서 나와 같은 상상으로 밤을 지새우는지도 모른다.

이런 생각을 하면 마음이 뿌듯해진다.

"어느 행성인지 알 수 없지만, 나와 같은 생각으로 밤을 지새울 누군가는 하나쯤은 있겠지"라고….

만약 이 우주 속에 살아가는 생명체 중에서 나와 똑같은 삶을 살아가는 누군가가 존재한다면, 또 다른 나의 삶이 진행되는 것이다. 그 모습은 나의 현재, 미래, 과거의 모습 중에 하나가 될 것이다.

이런 상상을 하게 되면 하늘은 언제나 신비스런 존재가 되어 버린다.

이런 내 모습이 조금은 쓸쓸해 보였는지, 아니면 바보 멍청이처럼 보였는지 알 수 없지만 그녀가 나를 바라보고 있다는 시선을 느낄 수 있었다.

하늘이 바다로 보이고 별들이 섬으로 보이는 착각.

또 그 바다 속에 섬들은 사막의 신기루처럼 내 눈에 금방 나타났다가 다시 사라지기도 한다. 밤의 신비한 세상 속에서 펼쳐질 수 있는 상상의 호기심은 끊임없이 이어져갔다. 보이는 모든 별들을 오늘 헤아린다 해도, 내일 밤이 되면 새로운 별들은 또 끊임없이 나타날 것이다.

나는 철이 들기 시작할 무렵부터 늘 밤하늘에 별자릴 찾아보는 습관이 생겼다. 덕분에 육안으로 보이는 거의 모든 별자리를 기억했고 찾을 수 있다. 어릴 적 책에서 읽었던 고대 신화에 등장하는 영웅들을 떠올리기도 하고, 하늘 속에서 가장 허전한 자리를 찾아 나만의 별자릴 만들어보기도 했다. 그런데 잠시 침묵하며 하늘만 바라보고 있던 그녀가 갑자기 하늘 속에 어느 밝은 별을 손가락으로 가리키며, 저 별빛이 무엇인지 내게 물었다.

저 별은 페가수스의 마르카브(markab)다.

하나 하나의 별빛을 손가락으로 가리키며, 마르카브(markab)와 쉬트(sheat) 알게니브(algenib), 안드로메다의 알페라츠(alpheratz)를 선으로 이으면 커다란 사각형이 만들어지는데, 페가수스의 몸통에 해당되는 부위라고 말했고, '카시오페이아'와 함께 가을밤에 가장 아름다운 별자리라고 말해주었다.

늦여름과 초가을 경계 속에서 나타난 페가수스 자리는 너무나 선명하고 아름다웠다. 또 밤하늘 속에 하얀 구름처럼 또는 먼지 띠처럼 보이는 안드로메다 은하를 가리키며, 우리은하와 가장 가까운 이웃 은하인데, 빛의 속도로 2백만 년을 가야 도달할 수 있는 거리라고 말해주기도 했다. 그리고 지금 현재 우리가 바라보는 안드로메다 은하는 2백만 년 전의 모습을 보게 되는 것이라고 말했으며, 현재 우주는 상상도 할 수 없을 만큼 빠른 속도로 팽창하고 있기 때문에 은하와 은하와의 거리는 현재도 멀어지고 있다고 말했다. 우주엔 이런 은하가 천억 개 이상이 존재한다고 말했을 때, 그녀는 놀라움에 "와!"라고 탄성을 질렀다.

"저 별이 '카시오페이아' 맞나요?"

그녀가 깜깜한 하늘의 어느 별을 가리키며 W 자를 만들었다.

"네, 맞습니다. 카시오페이아는 북극성을 찾으면 쉽게 찾을 수 있어요."

또한 큰곰의 맞은편에 위치한다고 말해주었다.

"별들은 왜 반짝이죠?"

"눈의 착시 현상일 수도 있고, 하늘의 불안정한 대기 때문에 그럴 겁니다."

우리가 바라보는 별빛은 대기권을 통과할 때, 먼지 띠와 구름에 가려졌다가 다시 벗어났다가 하는 일들을 반복한다. 또한 빛이 투과되는 양이 많으면 밝게 보이기도 하고, 조금 투과되면 덜 밝게 보이기도 한다. 이 때문에 별빛은 반짝이는 것처럼 보이게 되는 것이라고 말해주었다.

나는 그녀에게 어느 별빛을 손가락으로 가리키며, 눈을 깜박거리지 말고 가만히 응시해 보라고 말했다.

마치 별들이 기류를 따라 이동하는 것처럼 보일 거라고 말하면서 만약 그 별이 당신 눈 안에서 움직이게 되는 것을 확인하게 된다면, 그 별이 바로 떠도는 별이 되는 것이라고 말했다.

그녀는 신기한 듯 손으로 턱을 괴고 가만히 별빛을 보고 있었다.

별빛을 응시하는 그녀의 눈망울을 바라보던 나는 맑은 강물 위로 거룻배가 지나가는 상상을 했다. 나의 머릿속에는 온통 어둠뿐인 하늘 속에 빛나는 영혼들이 가슴 뭉클한 기분으로 공간을 날아가는 상상을 했다.

그녀의 따뜻한 영혼도 느껴졌다.

나는 약간의 갈등 또는 그녀의 대해 궁금한 것이 많았지만 내 마음은 상념뿐이었다. 이 하늘, 수많은 별들 중에 생명체가 존재할 가능성이 있는 곳은 단 한 곳도 없다. 반짝이는 별들은 모두 태양과 같은 존재이기 때문이다. 비록 보이지는 않지만 밤하늘 어느 행성 중에서는 우리처럼 낯선 곳에서 서로를 마주보고 앉아있는 '또 다른 우리의 모습이 있겠지'라고 생각했다.

내 눈에 아주 가끔씩 하늘 속에서 그들의 모습이 그려졌다가 사라졌다.

우리 두 사람과 또 다른 우리의 모습은 서로 다른 공간 속에서 하늘을 응시하고 있겠지만, 같은 생각을 할 것이다. 늘 맑은 영혼 속에 깃든 마음이 소망을 이루기 위해 유성이 되는 것이라고 ….

그래서 그녀와 내가 앉아 있는 이 여울에는 영혼들의 안식처가 있는 것이라고 여겼다.

이번에도 그녀의 등 뒤쪽, 아득히 먼 하늘에서 유령처럼 나타난 유성이 휘파람 소리와 함께 공간을 가로 질러 지평선 아래로 사라져갔다. 나는 처음 소원을 빌었던 것처럼 유성이 떨어졌다는 사실을 이번에도 그녀에게 알리지 않고 같은 소원을 다시 빌었다.

'만약 누군가를 사랑하게 된다면, 혼자 바라보는 쓸쓸한 사랑이 되

지 않게 해달라고.'

* * *

번민과 갈등은 왜 생겨나는 걸까?

왜 지금 이 순간 미흡하고 철없던 시절이 왜 자꾸 생각나는 걸까?

나이가 좀 더 들고 내면에 안정적인 균형이 찾아든 시기에 설렘이 찾아온다면 얼마나 좋을까?

만약 사랑이 찾아온다면….

아주 잠깐씩 근심스런 그녀의 모습이 내 눈에 띄었다. 그녀 스스로는 신비스런 밤하늘을 바라보며 낯선 환경에 어느 정도 적응해 가고 있었지만, 지금쯤 자신을 애타게 걱정하고 있는 가족들을 생각해 본다면, 그녀의 마음은 무거워질 수밖에 없었을 것이다. 그런 불편한 마음속에서도 그녀는 아무런 내색을 하지 않았다.

내가 그녀에게 '가족 걱정을 하냐'는 질문을 했을 때, 그녀는 약간의 미소를 머금으며 고개를 끄덕였다. 하지만 곧이어 그녀는 오히려 자신이 이곳에 있어 '아저씨가 불편한 것이 아니냐'며 내게 되려 묻기도 했다.

나는 살짝 미소를 보이며, 결코 불편하지 않다고 차분하게 대답했다.

아마도 그녀는 말 수가 적은 나를 지켜보면서 그녀 자신 때문에 내가 불편해 한다고 생각한 것 같다. 물론 그녀가 주로 질문을 했고, 나는 답변을 했다. 그녀는 생소한 것에 대한 호기심과 의문으로 질문한 것이며, 나는 경험한 환경에 대해 답변해 준 것뿐이다. 그녀는 상황에 맞는 대화를 주도했고, 나는 상황에 맞는 처신을 한 것이다. 다만 내가 의도적으로 말을 아끼는 것은 수많은 생각이 머릿속에서 그려지기도 했지만, 진짜 또 다른 이유는 그녀와 마주 앉아 함께 밤을 보낸다는 사실 때문이다.

사람이 사람을 좋아하는 감정을 내색하는 건, 결코 부끄러운 것이 아니다. 자연스런 행복한 감정이다. 하지만 대화 도중 그녀와 눈길이 정면으로 마주치면 나는 어찌할 줄 몰랐다.

그런 부끄러움을 숨길 생각으로 대화의 주제를 돌리기도 했고, 엉뚱한 질문을 하기도 했다.

무심결에 갑자기 그냥 튀어 나온 말이다.

"요정 씨는 여기까지 왜 왔나요?"

그녀는 뻔뻔한 표정으로 자신은 요정이기 때문에 아침의 신선한 이슬을 마시기 위해 왔다고 말했다.

나는 순간 울컥했으며, 속으로는 이렇게 중얼거렸다.

'이 사기꾼아! 그럼 날개는 어디 있는데!'

어쩌면 그녀는 진짜 날개 없는 요정인지도 모른다.

돌이켜 생각해 보면 지난 과거에도 저녁은 지금처럼 신비스럽고 찬란한 모습이었을까?

우리는 한 신비스런 세상에 대한 호기심으로 서로 마주보고 앉아 현실을 같이 공감하고, 같은 생각으로 대화를 나누고 있었다. 말이 많아진다거나, 질문을 많이 한다는 것은 전혀 경험하지 못했던 생소한 세상이 눈 안에서 펼쳐지기 때문이다.

지금 이순간도 하늘을 가만히 응시하는 그녀의 맑은 두 눈이 내 말을 증명해 주고 있다.

그녀는 깜깜한 밤엔 왜 별빛이 깊어지는지 내게 물었다.

깜깜한 하늘의 고요와 침묵 속에선 별빛이 깊어지는 착각이 든다.

이런 아름다운 착각이 드는 것이다.

이 고요한 밤은 그녀와 나, 단둘만의 세상이었다.

모두가 잠든 새벽엔 별들이 활동하는 아침이 된다.

하늘에서는 속삭이는 바람의 소리와 숨은 그림 같은 별들의 모습, 그리고 그 그림 속을 아름다운 상념 바라보는 그녀와 내가 있다.

이런 환경 속에서는 숲에 나무들, 들꽃, 새소리, 물소리, 벌레소리, 이 모든 소리가 그리움으로 싹틀 것이다.

이때 누군가를 간절한 마음으로 떠올린다면, 그 누군가는 다음날 새벽, 열려 있던 창문을 조용히 아주 조용히 소리 나지 않게 닫을 수 있을 것이라고 생각해 버렸다.

* * *

"아저씨는 처음 저를 발견했을 때 어떤 생각이 들었나요?"

나는 솔직히 정말 무서웠다.

어둠이 짙어가는 낯선 장소에선 인기척은 위험의 대상이다. 귀신이 아니면 간첩이라는 생각에 오늘이 내 제삿날이 될 지도 모른다는 생각이 들었다고 고백했다.

우리는 같이 큰소리로 웃었다.

"아저씨는 어둠 속에 홀로 있으면 성장한다고 했지요. 어떤 성장을 하지요?"

나는 신뢰할 수 있다는 생각이 든다면, 성장하는 것이라고 말했다.

이번엔 그녀도 나의 말에 아무런 반박을 하지 않고, 공감이 되는 것인지 고개를 끄덕거렸다. 그리고 다시 가만히 하늘을 바라보고 있었다.

공간 속에 자연의 기운이 존재하는지 나는 알 수 없다. 다만 공간 속에 존재하는 그 기운이 바람이 되어 그녀를 이곳으로 안내한 것이라고 믿어버렸다.

한편으론 이제 날이 밝는다면 지금처럼 우리는 자연스런 대화를 나눌 수 있을까?

그리고 다음날에도 나는 아름다운 하늘의 모습을 발견할 수 있을까?

마치 하늘 속에 별들은 끝없이 펼쳐진 공간 속에서 옥수수처럼 무럭무럭 자라고 있었다. 하늘이 옥수수밭으로 보이고, 별들은 옥수수처럼 결실을 소망하며 한알 한알 영글어 가는 세상.

나는 하늘 속에 펼쳐진 옥수수밭을 멀리서 바라보는 파수꾼처럼, 느긋하기도 하고 게으름 피우는 오만한 내 모습을 상상해 보았다.

하지만 나와는 달리 밤이 깊어갈수록, 피로가 누적된 그녀는 졸린 눈빛으로 변해가고 있었다. 어쩌다가 눈빛이라도 마주치면 그녀는 고단함을 숨기려고 하는 듯, 밝은 표정을 애써 내가 보여주려 했다. 또 잠을 쫓기 위한 행동인지 고개를 높이 치켜 들고 새벽하늘을 두리번두리번거리며 어린아이처럼 산만한 행동을 하고 있었다. 그 순간, 나의 착각인지 그녀의 시선이 밤하늘의 어느 곳을 응시하면 모닥불 속의 작은 불씨가 그녀의 시선을 따라 희망을 품고 하늘 속으로 사라져가는 것처럼 보였다.

＊ ＊ ＊

사람들은 사각형에 익숙해져 있다.

사각의 건물, 사각의 공간, 사각의 생산품들.

사각의 촘촘한 공간에는 비집고 들어갈 틈이 없다.

우리가 답답함을 느끼는 이유일 것이다.

도시의 거의 모든 것은 사각형이다.

그런데 사각형에는 모서리가 있다.

부딪치게 되면, 아픔을 느끼고 상처를 입게 되는….

자연 속의 사물에는 모서리가 없다.

부딪치고, 같이 뒹굴어도….

그래서 자연의 사물 속에 홀로 놓이게 되면, 내면은 성장하고 균형이 잡히는 것 같다.

$$* \quad * \quad *$$

이 밤, 코스모스를 닮은 여인은 나와 함께 있다.

그런데….

조금 전부터 피로에 지친 그녀가 어느새 몸을 잔뜩 웅크리고 앉아 무릎과 무릎 사이에 고개를 떨군 채, 약간의 코골이를 하며 잠들고 있었다. 그런 그녀의 모습이 안쓰럽게 느껴졌던 나는 텐트 안에서 잠을 청하라고 말했지만, 그녀는 고개를 푹 숙인 채, 손사래를 치며 밤 이슬의 축축한 공기 속에서 계속 꾸벅꾸벅 졸고 있었다.

나는 도데의 소설 속 목동이 되었고, 그녀는 주인 아가씨인 스테파네트가 되었다.

만약 내가 누군가에게 우리 둘만의 세상을 얘기한다면, 사람들은 선뜻 나의 말을 믿으려 하지 않을 것이다. 하지만 누구나 살아가는 동안 결코 일어날 수 없을 것 같은 행운이나 불행이 자신에게 찾아오면 그때서야 현실을 인식하게 된다. 또한 가능성이란 꼭 객관적인 공감을 얻어야 하는 것은 아니다.

세상에는 수많은 가능성이 공기 중에 먼지처럼 떠다니기 때문이다.

그녀의 반짝이는 이마, 살짝 감은 눈망울, 작은 언덕 같은 콧대, 코스모스 잎 같은 여린 입술, 나는 잠이든 그녀를 관찰할 수 있었다.

나와는 맞지 않는 고귀한 존재처럼 보였다,

그동안 수많은 밤을 홀로 지새웠지만, 지금처럼 많은 별들이 선명하게 보인 적은 없었다.

하나하나의 선명한 별빛을 찬찬히 바라보았다.

이 새벽이 다 지나면 그녀와 나는 아쉬운 작별을 해야 한다. 하지만 저 하늘 어딘가에 그녀의 모습을 새겨둔다면, 나는 다음 날도, 또 다음날에도, 같은 마음으로 밤하늘을 바라보게 될 것이라고 생각했다.

'요정의 별'

나는 그녀의 별을 이 새벽 어느 공간에 새겨두었다.

모닥불의 불씨가 모두 태워져 없어질 때까지 그녀의 고개는 거의 움직이지 않았다. 아주 가끔씩 자세가 불편해지면 몸을 뒤척이기는 했지만, 그녀는 밤하늘 속의 아기 곰처럼 제 자리에서 가늘게 숨 쉬며 잠들어 있었다. 나는 잠들어있는 그녀와 마주앉아 샛별이 사라질 때까지 상념으로 자리를 지키고 있었을 뿐, 다른 생각은 하지 않았다.

＊ ＊ ＊

우리는 이른 아침, 강물이 스며드는 자갈밭을 걸었다. 우리 두 사람보다 늦게 일어난 게으른 새들은 지난 저녁 밤이슬에 젖은 몸을 말리기 위해 햇살이 잘 들어오는 자리를 찾아 날아올랐다. 숨 쉬는 작은 나무와 들꽃, 조용히 흐르는 임진강의 여울, 구름 한 점 없는 푸른 하늘의 모습, 현재의 풍경이었다.

강물이 스며드는 자갈밭을 따라 한참을 걸어갔더니, 곧 그녀의 승용차가 보였다. 그녀가 운전석에서 액셀러레이터를 힘껏 밟고, 나는 뒤쪽에서 자동차 트렁크를 붙잡은 채, 있는 힘을 다해 밀어봤지만 차는 꼼짝도 하지 않고 헛바퀴만 계속 돌았다. 주위를 둘러 보았지만 바퀴에 걸쳐 지렛대로 사용할 만한 커다란 나뭇가지도 보이지 않았다. 우리는 일단 차 운행을 포기하고 휴대폰 통화가능지역으로 이동하여 도움을 요청하는 것이 최선책이라고 판단했다.

그녀의 초췌하고 피곤해 보이는 얼굴은 분명 안타까운 일이었지만, 몸의 피로감보다 그녀를 애타게 찾고 있는 가족의 걱정을 생각하면 우리는 소홀히 시간을 흘러 보낼 수 없는 처지였다.

그녀도 자신을 걱정하고 계실 가족들의 마음을 생각한 것인지, 육체의 고단함에 개의치 않고 걸음을 더욱 빨리 했다. 너무 급했던 나머지, 걸어가는 동안에도 몇 번이나 돌부리에 걸려 넘어질 뻔한 상황이 연출됐다. 혹시라도 넘어질까 하는 걱정으로 바닥을 살피면서 조심히 걸어가라고 말했지만 그녀는 그때마다 "네."라고 대답만 할 뿐, 전혀 걸음속도를 줄이지 않았다.

30여 분 정도 걸었더니, 임진교 교각이 나타났다.

다행히도 휴대폰 통화 가능 지역을 표시하는 막대가 액정에 표시되었다.

그녀는 급하게 집으로 전화를 걸었지만 전화를 받는 사람이 없자, 아버지 휴대폰 번호를 눌렀다. 통화음 소리가 채 한 번 울리기도 전에 그녀의 아버지께서는 다급하게 전화를 받으셨다.

흥분한 그녀의 아버지 목소리가 옆에 서 있던 나한테까지 들려왔다.

정말 많이 화가 나신 것 같다.

그녀는 먼저 차분히 자신의 안전을 아버지께 전했다.

그렇지만 곧 이어진 아버지의 호통을 묵묵히 듣고만 있어야 했으며, 아버지의 호통이 끝난 다음 곧바로 이어진 그녀 어머니와의 통화에서는 아버지처럼 큰 목소리가 들려오지 않았지만, 밤새도록 딸을 걱정한 탓에 기력이 쇠한 엄마를 걱정하는 그녀의 얼굴 표정을 엿볼 수 있었다.

그녀는 가끔 인상을 찡그리며 대답하기도 했고, 죄송하다는 말을 되풀이하기도 했다. 통화시간 대부분을 아버지와 어머니의 말씀을 묵묵히 듣고 있었지만, 눈치를 살피며 어제 발생한 우발적인 사고와 밤을 지새울 수밖에 없었던 일들을 침착하게 설명하기도 했다.

그녀의 집에서는 어젯밤 난리가 났다고 한다.

경찰서에 실종 신고를 냈으며, 부모님과 삼촌께서는 뜬 눈으로 밤을 보냈다고 한다.

한참 동안을 난처한 표정과 진땀을 흘리며 상황설명을 하던 그녀의 표정이 한결 여유로워졌을 때, 그녀는 아버지께 우리가 현재 위치한 곳을 설명하면서 견인차를 불러달라 요청했다. 아버지께서는 곧 삼촌을 지금 우리가 위치해 있는 이곳으로 보낼 테니 다른 곳으로 이동하지 말고, 꼭 임진교 앞에서 기다리라는 말씀을 남기시곤 휴대폰을 끊으셨다.

통화를 끝낸 그녀는 "휴" 하고 안도의 한숨을 쉰다.

순간 우리는 눈빛이 마주쳤지만 아무런 말도 하지 않고, 서로를 바라보며 웃어버렸다.

우리는 국도 변 배수로에 걸터앉아 하늘을 올려다보기도 하고, 가끔씩 도로를 지나쳐가는 자동차를 보기도 했다.

침묵이 어색했지만 가슴이 뛰었다.

그녀의 작은 움직임에도 설렘을 느꼈다.

나는 그녀를 위로하듯, 조심스럽게 질문했다.

"아버지한테 많이 혼났어요?"

"조금요. 제가 잘못해서 혼난걸요. 뭐"

그녀의 말이 끝나자마자, 나는 심통 맞은 표정을 지으며, 툭 던지듯 한마디 했다.

"혼나도 싸지."

우리는 같이 큰소리로 웃었다.

가을의 결실을 소망하는 실바람이 불었고, 하늘의 뭉게구름은 다른 구름과 짝짓기하기 위해 이동 중이다.

우린 가끔 눈빛이 마주칠 때 서로에게 미소를 보였을 뿐, 각자의 시선 속에서 세상을 바라보았다. 이상하게도 내가 바라보는 하늘의 구름들은 모이지 않고 흩어져갔다. 구름이 모이지 않고 자꾸 흩어지는 것은 계절이 바뀌어 가는 과정이라는 생각이 들었다. 또는 바람에 의해 번잡스런 마음이 공간을 따라 이동하는 것이라고 생각해 버렸다.

그런데….

가슴은 왜 이렇게 떨려오는 걸까?

호흡하기도 힘든 울렁거림이 느껴진다.

또 야속한 시간은 빠르게 지나갔다.

나는 그녀에게 우리가 나중에 다시 만날 수 있는지 묻고 싶었다.

하지만 그녀의 마음이 나와 같지 않다면 괜한 말을 꺼내 같이 있는 시간 동안 '어색해지지나 않을까' 하는 걱정이 앞섰다.

아무런 말도 못한 채 속만 태우고 있는 동안, 내 머리 속의 생각은 기민해지는 것 같았다.

이처럼 아름다운 아가씨와 나 같은 멍청이와는 어울릴 수 없는 신분의 격차가 느껴졌다.

우리는 약 40분 동안 같은 자리에서 별 다른 대화 없이 서로의 침묵을 지켜보며 가만히 앉아 있었다. 특이사항이 있다면, 밤 사이 연락이 끊인 그녀를 걱정하는 안부전화가 계속해서 걸려왔는데 대부분은 20분 사이에 몰려온 전화였다. 부모님께서는 연락이 끊인 채 귀가하지 않는 딸을 걱정한 나머지 그녀의 친구들에게 연락을 돌렸던 것이다. 하루 동안이지만 밤 사이에 소문이 퍼져 계속해서 그녀의 안녕을 묻는 전화가 걸려왔다. 이런 식으로 통화가 지속된다면 휴대폰 배터리가 모두 소모되어 정작 중요한 삼촌과의 통화를 하지 못할 수 있었다. 때문에 그녀는 한 친구에게 중요한 전화를 받아야 되는데, 배터리가 많은 소진되어 더 이상 전화 통화를 할 수 없다고 말하며 이러한 상황을 걱정하는 다른 친구들에게 전달해 달라는 부탁을 하였다. 다행히 친구가 신속히 그녀의 소식을 전달했는지, 더 이상 걸려오는 전화는 없었다.

이제 얼마 후, 그녀의 삼촌이 이곳에 도착하게 된다면, 지금 나의 망설임은 평생 후회가 될지도 모른다.

언젠가 늦은 저녁, 술에 취하여 택시를 타고 집으로 귀가하던 도중, 라디오 방송에서 흘러나왔다던 사연을 머릿속으로 몇 번을 되새겼다.

"제발 용기를 내라고. 당신이 그토록 그리워하는 그녀 또한 당신과 같은 생각을 할지도 모른다고."

이 말을 몇 번을 되새겼다.

이런 기민한 생각을 하는 동안, 야속하게도 시간이 흘러 그녀의 삼촌으로부터 전화가 걸려왔다.

이곳 지리를 잘 모르는 그녀를 대신하여 내가 자세히 위치를 설명했다.

통화를 끝낸 후, 나와 눈이 마주친 그녀는 웃어 보였지만 피곤함 때문인지 얼굴이 많이 창백해 보였고 호흡도 거칠어 보였다.

잠시 후 도착한 차량은 견인차와 승용차 1대였다.

그녀의 삼촌은 차에서 내리자마자 그녀에게로 달려와 그녀의 신변에 이상이 있는지 확인 후, 아무런 이상이 없다고 판단하셨는지 야단을 치기 시작했다.

그녀는 한참 동안 삼촌께 꾸중을 들어야 했으며, 아무 말도 못하고

"죄송해요."만 되풀이했다.

견인차 기사는 방관자처럼 약간의 미소를 머금은 표정으로 좀 거리를 두고 삼촌과 나와 그녀를 번갈아 바라보며 사태파악을 하는 것 같았다. 잠시 후, 삼촌께서는 나의 존재를 인식하셨다.

나는 그녀의 삼촌께 공손히 고개 숙여 인사를 드린 후, 어제 그녀와 같이 밤을 지새웠던 사람이며, 서울 사람이라고 내 자신을 소개했다.

나는 오해의 소지가 없도록 그녀와 밤을 지새울 수밖에 없었던 상황을 차분하게 부연 설명했다.

암흑 같은 세상에서 마을이나 큰 도로를 찾기 위해 아무런 준비도 없이 이동하는 것은 더 큰 위험을 부를 수 있다고 말했으며, 어제 저녁 처음 마주했던 순간부터 그녀를 안심시키기 위해 약속했던 말들을 모두 지킬 수 있어 다행이라고 말했다. 나의 말이 설득력이 있었던 것인지 아니면 나의 첫 인상이 믿음이 갔는지 모르겠지만, 삼촌은 지금까지 설명했던 나의 말을 신뢰하셨다.

삼촌께서는 정말 하늘이 도와 선량한 사람을 만나 천만다행이라고 말씀하시면서 만약 나쁜 사람 만났으면 '어떻게 될 뻔했느냐.'며, 나에게 몇 번이나 감사함을 표현하셨다.

하지만 삼촌께서 생각하신 것처럼 난 선량한 사람은 아니다.

인간의 내면 속에는 반복적으로 황홀한 상상이나 달콤한 사탕 같은 거부하기 어려운 이기적인 마음이 늘 생겨나기에 언제나 스스로를 절제하려는 습관이 필요하다.

마치 생존이 불가능한 시멘트 바닥에서조차 생존하는 잡초 같은 근성이 꿈틀거리기 때문이다.

한편으로는 영악한 그녀가 삼촌이 어느 정도 화가 풀린 것을 확인하고는 눈치를 보다가 생색을 내기 시작했다.

걱정하고 계실 부모님과 삼촌을 생각했다면서 자신은 밤의 두려움 속에서도 가족들 생각에 눈물을 흘렸고, 밤을 뜬 눈으로 지새웠다고.

옆에서 그 모습을 지켜보던 나는 속으로 웃었다.

'아유! 저 사악한 악마.'

'뜬눈으로 밤을 지새웠다고…. 부모님을 생각하며 울었다고…. 코 골며 잠만 잘 자던데.'

차를 구덩이에서 끄집어 낸 후, 견인차 기사는 그녀의 승용차를 어디론가 끌고 가버렸다.

우리는 삼촌의 승용차로 이동하여 아침식사를 하러 식당엘 들어갔다.

나는 피곤한 기색이 역력했지만, 이상하게도 정신은 또렷했다.

그녀도 마찬가지일 것이다.

우리 두 사람은 피곤에 지친 탓에 식사를 절반쯤 남기고 식당을 나왔다.

그녀의 삼촌께서는 운전 중에도 틈틈이 나에게 질문을 하셨는데, 무엇을 질문하셨는지 기억이 나질 않는다. 내게 그보다 더욱 신경 쓰이고, 마음이 가는 것은 뒷좌석에서 피로를 이기지 못하고 잠들어 있는 그녀의 모습이다.

삼촌의 승용차는 북삼교 삼거리 지나 우회전하여 언덕에 위치한 두철이네 별장에서 멈췄다.

삼촌께서는 나를 데려다 주기 위해 이곳까지 오신 것이다.

난 승용차에서 하차하는 순간에도 같은 말을 마음속으로 되새겼다.

"제발 용기를 내라고. 내가 이토록 그리워하는 그녀 또한 나와 같은 생각을 할지도 모른다고."

어쩌면 지금 이순간이 그녀와 그 마지막 대화가 될 지도 모른다.

나에겐 용기가 필요했다.

＊ ＊ ＊

그녀도 나에게 마지막 작별인사를 하기 위해 차에서 하차했다.

우리 서로는 마지막 인사하기 위해 서로 마주선 것이다.

나는 절실한 마음으로 그녀의 눈을 똑바로 쳐다보며 다시 만날 수 있는지 질문했다.

그녀는 그런 나의 진지한 표정을 살피고는 아무런 말도 하지 않고, 자신의 휴대폰 번호를 내게 적어주었다.

나 또한 더 이상은 그녀에게 아무런 말도 하지 않았다.

나는 밝은 표정으로 웃으며 그녀와 작별인사를 했다.

"잘 가세요. 요정씨! 어제 일은 정말 아름다운 추억이 될 거예요. 그리고 또 만날 때까지 건강하셔야 됩니다."

그녀도 웃으며 내게 말했다.

"아저씨두요. 절 보호해 주셔서 감사드려요."

그녀가 몸을 돌려 삼촌이 기다리는 차로 걸어갈 무렵, 나는 눈시울이 붉어지는 것을 느낄 수 있었다.

그녀가 차에 탔고 차문이 닫혔다.

그녀는 차 안에서 내게 손을 흔들었고, 나 또한 떠나는 그녀의 자동차에 손을 흔들었다.

제3장
떠오르는 그리움
(episode)

사람의 내면 한가운데 넓은 들판이 생겨난다면, 이때부터 사랑은 시작되는 것일까? 그녀를 생각하면 내 마음 속 넓은 들판에는 소목이 자라고, 들꽃이 피어나고, 하늘 위 엔 검은 까마귀 떼가 날고 있었다. 또한 하루 중에서 가장 아름다운 해 저무는 풍경도 볼 수 있다.

북삼리 별장으로 되돌아온 후에 나는 무너진 울타리의 목책을 다시 세우고, 칙칙하게 변색된 나무를 하얀색 페인트로 다시 칠하였다. 아침부터 시작한 작업은 오후 늦게까지 진행했는데도 좀처럼 작업량이 줄지 않았다.

북삼리에 머무르는 동안 식사는 말복 아저씨 집에서 해결했다.

오랜만에 많은 노동을 해서 그런 것인지 아니면 먹성이 좋아서 그런 것인지, 큰 양푼에 공기 밥 두 그릇을 엎고는 열무김치와 고추장을 듬뿍 넣고 참기름을 두어 방울 떨어트린 후 쓱쓱 비벼서 먹으면 게눈 감추듯, 한 양푼을 모두 먹어 치웠다.

어쩌나 게걸스럽게 밥을 먹었던지 그 모습을 바라보고 게시던 안성댁 아줌마는 흐뭇한 표정을 지으시며 "아야. 천천히 묵으라. 누가 니 밥그릇에 숟가락 얹었나."라고 말하셨다.

그러면 나는 아줌마의 사투리를 따라 한답시고 "아지매 밥 맛이 억수로 좋십니더." 하며 안성댁 아줌마의 말투를 흉내내곤 했다.

어둑어둑한 저녁이 되려고 하면, 나는 습관처럼 언덕 너머 북삼교 아래 강가로 가서 홀로 돗자리를 펼치고 해 저무는 풍경을 바라보았다.

하루 중에서 가장 아름다운 세상은 너무도 아쉽게 금세 사라져 버렸다.

그녀처럼….

또 저녁의 하늘에는 언제나 늦은 여름 속에서 수확을 기다리는 옥수수밭이 끝없이 펼쳐졌다.

하늘 속에 그려지는 나의 생각은 더욱더 넓은 공간 속으로 퍼져나 갔으며, 옥수수 알맹이처럼 차곡차곡 쌓여만 갔다.

하늘에 그려지는 그리운 생각들….

그리고 다시 찾아보는 요정의 별….

자꾸 자꾸 그리움이 생겨나는 것은 그녀의 대한 나의 마음이 바람을 따라 이동하기 때문이라고 생각했다.

나는 일주일 정도 별장에 머물면서 무너진 목책을 수리했고, 장미와 백합을 목책 주위에 심기도 했다.

가스밸브 점검도 했고, 오래된 전기배선을 교체하기도 했다.

모든 작업은 낮에 이루어졌으며 저녁에는 말복 아저씨 집에서 식사를 했고, 부부와 함께 술을 마시기도 했다. 말복 아저씨 슬하에 4명의 자녀가 있었는데, 첫째는 공장을 다니고 있고 3년 전 같은 회사에서 근무하는 아가씨를 만나 결혼하여 인천에서 산다고 하셨다. 둘째와 셋째는 결혼하여 경기도 하남과 전라도 광주에서 직장을 다니고 있다 했고, 막내는 나와 비슷한 나이인데, 아직 미혼이며 서울에서 직장을 다닌다고 했다. 말복 아저씨 말씀으로는 막내아들은 가끔 찾아오지만, 나머지 자식들은 사는 것이 여의치 않아 1년에 2~3번 정도 고향을 찾아오거나 그것도 어려울 땐 찾아오지 못한다고 하셨다.

북삼리에 머문 마지막 날, 차를 운전하여 마을에서 30여분 정도 떨어진 읍내로 나가, 비계가 두툼한 돼지고기와 막걸리 사가지고 말복 아저씨 집으로 돌아왔다. 내가 사온 돼지고기를 아줌마께서 고추장 고기볶음을 만들어 주셨다. 말복 아저씨와 나는 막걸리 5병을 비우고는 평상에서 그대로 골아 떨어졌다. 우리 두 사람은 흥을 돋우기 위해 젓가락을 두들기며 함께 노래를 불렀고, 세대 차이를 떠나 살아가는 인생에 대한 깊은 대화를 나누기도 했다. 나이가 한 살 한 살 차곡차곡 쌓이게 되면, 정이 깊어지고 그리워지는 사람들이 많아지는 것 같다. 아저씨의 깊고 자상한 눈빛에서 지나간 추억에 대한 그리움이 보았다. 문득 돌아가신 사촌 형님의 말씀이 떠올랐다. 나는 아저씨의 그리운 생각들을 옆에서 묵묵히 듣고, 같이 공감하고, 바라보는 방관자가 되었다.

제4장
사 랑

서울에 도착한 다음, 나는 곧바로 그녀에게 안부를 묻고자 전화를 걸었다.

하지만 발신음만 들릴 뿐, 그녀는 전화를 받지 않았다.

다음날도…, 또 다음날도 전화를 받지 않았다.

음성 메시지와 문자 메시지도 남겼다.

며칠 동안의 노력에도 아무런 성과가 없자, 나는 이제 더 이상 그녀에게 전화를 걸지 않았다. 그런데도 온통 머릿속에는 그녀 생각뿐이었다.

회사에 출근해서도 마찬가지다.

일에 집중하지 못하고, 의욕을 보이지 못했다.

많이 힘들었고, 자연히 술을 마시는 날도 많아졌다.

집착을 버려야 한다고 다짐을 했지만, 꾸물꾸물 흙 속을 기어 다니는 지렁이처럼 집착과 조바심이 내 마음속을 기어 다녔다.

벌써 보름이라는 시간이 흘렸지만, 그녀는 아직까지 전화 한 통 없었다.

술에 취해 공원 벤치에 앉아 많은 생각을 해보기도 했고, 자정이 지났는데도 집에 귀가하지 않은 채, 벤치에 누워 먼 하늘만 바라보기도 했다.

환한 달빛은 하늘에 난 멍 자국처럼 보였고, 구름은 이동하면서 멍 자국 같은 달빛을 가리기도 했다.

이제 계절이 바뀌었다.

무덥던 한 여름의 긴 기간, 너무 짧은 자신의 삶을 슬퍼했던 매미들의 울음소리도 그쳤고 생이 다한 육체는 개미의 식량이 되었다.

요즘 나는 휴대폰을 만지작만지작 거리는 버릇이 생겼다.

일상의 반복적인 생활도 지루하고 따분했다.

하지만 그녀와 밤을 지새웠던 날을 생각해보면 입가엔 미소가 번졌다.

아름다운 추억이라고, 스치듯 지나가는 짧은 인연일 뿐이라고 몇 번을 되새겨 본다.

그렇게 무의미한 일상을 지내오던 어느 날, 이제 그녀를 아득한 추억 속에 간직할 뿐이라고 체념하던 늦은 저녁 휴대폰 벨이 울렸다.

나는 아무런 기대감 없이 힘 빠진 목소리로 휴대폰을 받았다.

"여보세요."

그런데, 조심스럽게 내 이름을 물어보는 젊은 여자의 목소리가 들려오는 것이 아닌가?

"혹시, 영복 아저씨 휴대폰 아닌가요?"

나는 순간, 가슴이 쿵쿵 뛰었다.

분명 잊을 수 없는 그녀의 음성이었다.

"혹시, 요정 씨?"

"네."

그녀의 대답에 가슴이 울렁거렸다.

짜릿한 전기가 팔에서부터 시작되어 머리로 전송되는 듯, 혈관 속을 타고 흘러 전달되었고, 나는 안부도 생략한 채, 원망 섞인 목소리로 인사말을 대신했다.

"왜 이제야 연락 주셨어요…. 제가 그동안 얼마나 많이 전화를 드렸는지 알아요…?"

그녀는 예상하지 못한 나의 태도에 잠시 당황했지만 차분히 대답했다.

"죄송해요. 그동안 좀 아파서 연락 온 것을 확인하지 못했어요."

약간 흥분했던 나는 목소리 톤을 낮추어 소심한 어조로 조심스럽게 되물었다.

"어디가 아팠나요?"

"네, 그냥 감기 몸살 같은 거예요."

"많이 아팠나요?"

"조금."

"이제 다 나셨어요? "

"네."

"지금 계신 곳은 어디세요?"

"제 방이요."

"궁금한 것들 질문해도 돼요?"

"네."

"얼굴 보여줄 수 있나요?"

그녀는 나의 일방적인 질문에 어색해 했고, 약간은 당황한 웃음소리가 휴대폰을 통해 들려왔다. 그녀가 다시 웃으며 말했다.

"저는 안 보고 싶은데요."

내 마음이 너무 급하다는 것을 느낀 그녀는 약간 거리를 두고 대화를 하려 하는 것 같았다.

하지만 나는 그녀를 당장 보고 싶은 마음에 말을 계속 이어갔다.

"지금 계신 곳 알려 주실 수 있어요?"

"알려주면 오시려 하나요?"

나는 단호하면서도 짧게 대답했다.

"네."

차분히 마음을 절제하면서 그녀에게 부담을 주지 말아야 한다고 생각은 했지만 스스로 마음을 통제하진 못했다.

기쁜 마음으로 흥분한 나와 달리, 그녀의 태도는 차분했다.

또 대화내용이 지나치게 무겁다고 느꼈는지 그녀는 대화의 주제를 은근슬쩍 바꿔버렸다.

"아저씨."

"네."

"우리 아직도 친구 맞나요?"

"그럼요."

"아저씨, 근데 목소리가 이상해요?"

나는 전날 목 감기에 걸려 목소리가 잠겼기 때문이라고 말했다.

뜻하지 않은 그녀와의 통화는 내 목소리를 떨게 만들었고, 합리적인 판단을 할 수 없게끔 만들었다. 나는 마음을 진정시키기 위해 그녀에게는 잠시 후에 다시 통화를 했으면 한다고 양해를 구했다. 공교롭게도 집에 손님이 찾아와 배웅을 해야 한다는 핑계를 댔다. 통화를 끝낸 후 나는 곧장 화장실로 달려가 얼른 세수를 했고, 마음을 차분히 진정시켰으며, 그녀에게 할 말들을 머릿속으로 정리한 후 전화를 걸었다. 그녀는 발신음이 3번 정도 울린 다음 전화를 받았다.

"요정 씨."

"네, 아저씨."

"아저씨가 뭐에요. 장가도 안 간 총각한테."

"그럼 뭐라 불러요?"

"오빠는 어때요?"

"싫은데요. 징그러워요." 하며 그녀가 웃었다.

나는 그날 그녀한테 사기꾼이라는 둥, 못 생긴 찐빵이라는 둥, 그동안에 쌓인 울분을 모두 퍼부었다.

아저씨라는 호칭 대신, '오빠라고 불러 달라.' 애원 비슷한 애교도 부렸지만 그녀는 아저씨가 더 친근감 있고, 정이 간다고 했다.

그녀는 집에 도착한 후, 한 동안 고열이 끓고 몸살이 심해져 병원에

며칠 입원해 있었으며, 병원에 입원해 있는 동안 가끔씩 우리가 함께 밤을 지새웠던 북삼리의 밤하늘을 떠올렸다고 했다.

그녀의 집은 강원도 춘천이었다.

나이는 22살, 올해 전문대를 졸업했고, 지금은 공무원 시험을 준비하는 중이라고 한다.

내 나이가 32살이니까, 나이 차이가 너무 많이 나는 것 같다.

난 상관없는데, 그녀에게는 상관이 있을 것 같다.

그래서 내 나이를 속였다.

28살이라고.

나이 차이가 이렇게나 많이 날 줄은 몰랐다.

그녀는 승용차를 운전했고, 낯선 어둠 속에서 위급한 상황을 차분히 대응하는 성숙한 모습을 보였다.

그렇다고 해서 그녀가 나이가 들어 보인다는 것은 아니다.

이제 그녀의 나이를 알게 되니, 정말 22살의 귀엽고 예쁜 아가씨로 여겨지게 되었다.

나는 몇 번이나 이번 주말에 춘천으로 갈 테니 만나줄 것을 요구했지만 끝내 응해주지는 않았다.

우리는 거의 1시간 가까이 통화했다.

그녀는 통화 도중 아주 잠깐씩 수화기를 통해 마른 헛기침 소리를 냈다. 기침에 목소리도 잠겨 있었지만, 예쁜 음성은 밝았고 또렷했다.

나는 아쉽지만 전화 통화를 끝낸 후 한참 동안을 의식처럼 같은 말을 반복적으로 되새겼다.

'낭자! 처음 본 순간부터 낭자는 이미 내 안에 들어 왔었소.'

* * *

나는 그녀와 전화통화를 자주 했다.

회사 근무 중에도 시간을 쪼개 그녀와 통화했고, 퇴근 후에도 통화를 했다.

다행히 그녀도 나의 전화를 크게 거부감을 갖지 않고 받아주었다.

나는 조금씩 아주 조금씩 그녀에게 친근감을 표시해 갔다.

일상은 무료했지만, 그녀에 대한 동경은 삶의 균형을 유지하는데 도움이 되었다.

나는 이 시기에 가장 많은 생각을 했고, 가장 많은 고뇌와 번민을 했다.

마음을 절제하고 통제하는 것이 힘들었다.

저녁 시간이면 어김없이 통화를 했으며, 특히 그녀는 내가 다녔던 여행지에 관한 질문을 많이 했다.

나는 비교적 상세히 내가 다녔던 자연 속의 풍경, 낯선 거리의 모습, 어느 장소, 어느 마을을 소개하기도 했으며, 주관적인 나의 느낌들을 얘기해 주기도 했다. 그녀는 여행을 거의 다닌 적이 없어, 떠나고 싶을 때 떠날 수 있는 사람이 용기 있는 사람이라고 말하며, 아저씨 같은 사람이 항상 부럽다고 나를 치켜세웠다. 하지만 나도 여행을 많이 다닌 것은 아니다.

그녀가 사는 춘천에 대한 기억도 있다.

친구 4명과 함께 강원도를 여행하던 중, 우연히 윗샘밭이라는 마을에서 야영을 하게 되었는데, 소양댐 하류에 위치한 윗샘밭은 강물이 흐르는 강변에 위치한 마을이었다. 키 큰 미루나무가 도로를 따라 옆으로 길게 펼쳐져 있었기 때문에 한낮인데도 이곳은 저녁이 지속되는 듯한 착각이 들기도 했다.

우리는 버스에 승차하여 목적지도 없이 돌아다니던 중에 이 마을에 내린 것이다.

버스에서 내리자마자 이곳의 풍경이 눈앞에 들어왔다. 강 길을 따라 계속해서 펼쳐진 미루나무 숲이 보였고, 하늘에 길게 걸린 떼구름이 보였다. 아름다운 풍경이 보이는 곳에는 자연의 향기가 나기 마련인데, 숲에서 풍기는 젖은 흙 냄새가 진동했다.

또 특이한 것은, 일반인의 출입을 통제하기 위한 수단인지 철조망이 높게 설치되어 있었고, 경고 문구도 커다란 나무 판자에 적혀 있었다.

'수자원 보호구역 관계자 외 출입금지'

하얀색 바탕 위에 빨간색 글자로 경고문구가 기재되어 있었는데, 무단으로 침입하면 벌금 및 형사처벌을 하겠다는 장문의 내용이 적혀 있다. 만약 우리가 미루나무 숲 안으로 들어가려 한다면 법을 무시하고 높게 설치된 철조망을 넘어가야 했다.

이 철조망 안은 어떤 모습일까?

출입금지 문구가 더욱더 호기심을 유발했다.

나를 포함한 친구들은 하지 말라는 짓은 더 한다.

한참 혈기왕성한 우리는 철조망을 넘어 미루나무 숲 안으로 들어가기로 결심했다.

철조망을 넘은 순간, 우리는 일제히 "와~"라고 탄성을 질렀다.

출입이 통제된 자연의 아름다움은 흔히 볼 수 있는 인공적인 자연과는 비교도 할 수 없다. 그림책에서나 볼 수 있는 길들여지지 않은 야생의 자연이 눈에 들어왔다. 키 큰 미루나무가 펼쳐진 숲, 그 아래 강가의 자갈밭이 보였고, 소양강의 물줄기가 아무런 소리도 내지 않고 유유히 흐르고 있었다. 미루나무 숲을 벗어나면 넓은 들판이 펼쳐져 있는데, 계란 꽃이 온통 모든 들판을 뒤덮고 있었다. 이렇게나 빼곡한 꽃 무덤은 처음 보았다. 새하얀 계란 꽃들이 한 치의 틈도 주지 않고, 모든 땅을 점령한 것이다.

여름 안에서 하얀 눈이 내린 겨울이 존재하는 듯한 착각이 들었고, 고요함이 신비감을 더해주었다.

우리는 아무런 망설임도 없이 미루나무 숲 안에 텐트를 친 채, 그 안에서 하루를 야영했다. 정말 신나고 개구쟁이 같은 생각이 드는 것은 우리가 숲 안에 있다는 사실을 세상 사람들이 모른다는 것이다. 적절한 비유인지 모르겠지만, 못된 학생이 학교 화장실에서 몰래 담배를 피우는 그런 느낌일 것 같다.

그녀는 보기완 다르게 활동적이며 운동도 좋아했다.

만화책 보기도 좋아한다고 했다.

우리는 취향이 많이 비슷했다.

나는 그녀를 당장 볼 수 없는 현실에 많이 힘들었지만 표현하지는 않았다.

그리움에는 경계가 없었다.

조급함을 버리고, 편한 마음으로 일상의 그리움이 그녀에게 전해지길 바랐다.

다시 만날 날을 기약하며, 겸손하면서도 차분한 마음을 유지해야 한다고 스스로에게 다짐했다. 또 현실적으로 그녀와 너무 멀리 떨어져 있어 당시 유행하던 편지를 보냈다.

다행히 그녀도 나의 진심이 담긴 글을 즐거운 마음으로 읽어주었다.

요정 씨, 보세요.

우린 비록 많은 시간을 함께하지 못했지만, 서로를 존중하고 신뢰하는 마음은 결코 우연이 아닐 겁니다. 일상의 반복적인 생활과 무료함으로 잠시 동안 지쳐있을 수도 있겠지만 침묵 속에서 서로의 가치를 인정하고 있으며 깊은 생각으로 상대의 마음을 이해하고 있습니다. 이처럼 상대방을 배려하고, 즐거운 느낌을 얘기할 수 있는 것은 우리의 생각이 긍정적이고 타협적이기 때문일 겁니다.

저는 늘 한결같은 꿈을 만들어 보기도 하고 상상해 보기도 합니다.

또한 제가 생각하는 온정이 요정 씨와 함께하길 기원해 봅니다.

어제 전화로 다하지 못한 얘기를 마저 하겠습니다.

철원은 제가 좋아하는 도시 중의 한 곳인데, 왠지 이곳을 여행하다 보면 숙연해지는 마음이 듭니다.

철원은 6·25전쟁 때, 최대의 격전지였습니다.

철원평야는 강원도 최대의 쌀 생산지였으며, 철원의 한탄강은 북한 평강에서부터 흘러 철원과 경기도 연천을 거쳐 흐르는 임진강의 지류입니다.

풍부한 수자원과 넓은 평야를 차지하기 위해 남한과 북한은 처절하게 싸웠고, 특히 유명한 백마고지 전투는 주인이 10번 이상 바뀐 최대의 격전지였습니다.

그래서 철원은 통곡의 도시이며, 폐허의 도시입니다.

또한 수많은 영혼들이 깃든 신비스런 도시이기도 합니다.

사람이 죽어 땅에 묻히면 육신은 분해되어 흙의 일부가 되고, 정신은 기화되어 공간 속에서 맴돌 것입니다.

그래서 철원의 하늘은 정령들의 공간이 된 것 같습니다.

이제 우리의 만남이 이루어지길 바라면서…

새벽에 정적과 고요 속에서도

가장 깊은 별빛이 되시길 바라면서

내가 편지를 그녀에게 보낸 후, 얼마 안 있어 그녀에게서도 답장이
도착했다.

다행히 그녀는 나의 편지가 일상의 즐거움이 되었다고 말했다.

진심을 느낄 수 있었으며, 또 많은 시간 동안 자신을 생각해 줘서
고맙다는 내용도 있었다. 하지만 나의 적극적인 마음이 조금 부담된
다는 내용도 적혀 있었다.

우리 인연의 매개체였던 북삼리 밤하늘은 자신이 지금까지 바라보
고 기억하는 하늘 중에서 가장 아름다운 하늘이었다고 한다. 온통 어
둠뿐인 낯선 곳에 홀로 앉아있는 나를 처음엔 이상한 사람으로 생각
했지만 함께 밤을 지새우면서 공감이 되는 사람으로 인식이 바뀌게
되었다는 내용도 적혀 있었다.

또, 나의 직업을 묻기도 했다.

그녀의 답장을 받고 나서 나는 다시 편지를 보냈다.

요정 씨!

저는 밤하늘의 자비로운 정령들처럼 차분한 마음을 유지하기 위해 노력하
고 있습니다. 또한 요정 씨의 글은 제게 큰 위안이 되었습니다.

이처럼 새로운 상념으로 다가설 수 있는 날은 멀지 않았으며, 모든 사물들은
자연에 순종하듯 조화를 이루게 될 것입니다. 앞으로 살아가는 동안 확신과 신
뢰는 더욱 쌓여만 갈 것이며, 언제나 평온한 아침을 맞이하게 되겠지요.

저는 현재, 현실 속에서 행복함을 느끼고 있습니다.

하지만 혹시라도 나의 성급한 마음과 미흡한 생각이 요정 씨께 어떤 의미로 받아들여질지 걱정이 되기도 합니다.

부디 제 자신이 편견이나 선례에 얽매이지 않길 기원할 뿐입니다.

또한 저는 선의의 마음이 반복적인 일상 속에서 새로운 상념으로 다가서길 바랍니다.

저는 직장인으로 무역회사에서 근무하고 있습니다.

현재 직장 생활에 만족하고 있으며, 앞으로 제 자신을 더욱더 발전시키도록 노력하겠습니다.

차분한 마음을 유지하며.

당신과 만나는 날을 기다리며.

다시 그녀에게서 답장이 왔다.

우선 직장 생활에 만족해 하는 내게 '생각이 긍정적인 것 같다'는 글로 서두의 인사를 대신했다. 그녀는 나의 지극한 마음을 이해할 수 있으나 만남에 대한 견해는 나와 달리 신중했다. 급한 만남보다는 시간을 두고 서로를 알아갔으면 하는 의견을 내비쳤다. 또 한 가지 만남을 꺼려하는 이유는 북삼리에서 밤을 지새운 날로부터 자신의 몸 상태가 좋지 않다는 이유였다. 그래서 만나는 것이 걱정이며, 혹시나 만남이 있은 후에 내가 실망하면 어떡하나 하는 염려가 앞선다고 적혀 있었다.

하지만 편지의 마지막 내용에서는 만남에 대한 기대감을 표현했고, 내 제안에 수락하는 의미의 글이 적혀져 있었다.

아래의 내용은 그녀가 내게 보낸 편지의 마지막 부분이다.

참! 아저씨.

아저씨는 지금까지 여자 친구가 한 명도 없었다고 했는데, 지금 그 나이가 되도록 뭐 했나요?

하긴 좀 어리바리해서… 여자들한테 인기가 없었을 것 같아요.

난 남자들한테 정말 인기 많았는데. 하하하.

그럼 이번 주 춘천에 오시겠어요?

제가 아직 건강이 완전히 회복되지 않아 오랜 시간 같이 있지는 못하고 한 2시간 정도는 시간을 낼 수 있을 것 같은데…

괜찮은가요?

오늘따라 마음의 동요 때문인지 잠을 이룰 수 없었다.

평소에는 자리에 누웠다 하면 바로 깊은 잠에 빠져버리지만, 오늘밤은 기민한 상상만이 가득했다.

알 수 없는 생각으로 지나간 기억을 지우지 못하고 있었다.

마치 선명하게 각인된 문신처럼 머리와 가슴 안에 깊이 자리하고 있는 듯했다.

머리와 가슴에 뿌리 깊게 자리한 상념들…

이런 상념들이 모이게 되면 소망이 될 수 있을까?

이제 자정이 지났으니 토요일이다.

반나절만 더 지나면 그녀를 보게 된다.

❋ ❋ ❋

나는 퇴근하자마자 바로 춘천으로 향했다.

46번 경춘 국도를 따라 조급한 마음으로 차를 운행했다.

차가 많이 막힌다.

나는 그녀와 전화통화 후, 약속시간을 1시간 정도 늦추었다.

우리는 춘천역 근처 민들레라는 찻집에서 만나기로 했다.

막히는 도로를 벗어나자마자 죽으라고 엑셀을 밟았다.

겨우 약속시간에 맞추어 춘천역에 도착한 것이다.

찻집에서 멀지 않은 곳에 주차를 한 후, 찻집 안으로 들어갔다.

테이블이 몇 개 안 되는 아담한 찻집이지만, 깔끔하고 편한 느낌을 주는 곳이라고 생각했다. 고개를 이리 저리 두리번거리며, 그녀를 찾았지만 보이지 않았다.

손님을 발견한 아르바이트생이 다가와서 친절하게 자리를 안내해 주었지만, 나는 일행과 함께 다시 들어오겠다고 말하며 찻집을 나왔다.

멍하니 주변의 건물들을 바라보며 많은 생각을 정리해 보았다.

약속시간 보다 10분이 지났다.

다시 10분이 지났다.

불안해지기 시작했다.

조금만 더 기다려 보기로 하고, 전화를 해야겠다고 생각했다.

5분 정도가 더 지나서 대로변에 택시 한 대가 멈추어 섰다.

나는 차문이 열리는 순간까지 택시를 뚫어지게 쳐다보고 있었다.

차에서 한 여자가 내리는 순간, 쿵 쿵 쿵 소리가 난다.

내 심장 뛰는 소리다.

나는 한동안 다가오는 그녀를 인식하지 못한 채, 빤히 쳐다보며 아무런 말도 하질 못했다.

나의 이런 모습에 그녀가 당황하며, 먼저 인사했다.

"안녕하세요, 아저씨. 늦어서 죄송해요."

순간 얼떨결에 나도 "안녕하세요."라고 인사했다.

그녀는 이런 나의 멍한 표정을 바라보면서 어색한 웃음을 보였다.

우리는 찻집에 들어가서 가장 구석자리에 앉았다.

나는 그날 너무 긴장한 탓에 우리가 어떤 대화를 나누었는지 아무런 기억이 없다.

나는 급하기만 하고 실속이 하나도 없는 말들만 주저리주저리 늘어놓은 기분이다. 짧은 시간 안에 무언가를 보여주기 위해 노력하는 모습은 가상했지만 미흡하고 성급한 마음은 어설프고 부족했다. 무언가를 말하면 말할수록 웃음거리가 되는 듯한 느낌이었다. 그런 나의 모습을 지긋한 눈빛으로 바라보던 그녀의 미소가 내 머릿속에서 떠나지 않았다.

그리고 좋은 결과도 있었다.

나는 그녀에 대한 호칭을 편안하게 이름을 부르기로 한 것이다.

그러나 그녀는 끝까지 나를 '아저씨'라고 불렀다.

괘씸하다.

우리의 공감은 결코 우연은 아니었다.

서로를 신뢰하고, 존중하는 마음은 침묵 속에서도 느낄 수 있다.

그녀의 따뜻한 눈길을 더 오랫동안 바라보고 싶었지만, 그녀가 몸이 좀 불편하다고 말해 우리는 헤어질 수밖에 없었다.

나는 그녀를 집 근처에 내려 주며, 다음 주에 춘천을 방문해도 되는지 질문했다.

그녀는 나의 질문에 긍정도 부정도 하지 않았다.

다만 시간을 더 두고 만날 날을 정하자고 했다.

나는 그녀의 말에 다소 실망했지만, 따뜻한 웃음으로 대신했다.

멀어져 가는 그녀의 뒷모습을 바라보았고, 그녀가 사라진 후에도 한참을 그 자리에 서 있었다.

그리움엔 경계가 없다

작은 약속

소망하나

안타까워하는 그리움

나의 작은 친절, 배려

상대에겐 부담이 될까

이런 생각 미안함

멀리서 그대가 걸어오는 거리를

내가 다시 걸어가도

혹시 만나게 되면

깊은 생각

아쉬움

말하지 못하고

이젠 잊어야 하지만

아직도 잊지 못하는 건

그리움엔 경계가 없다.

야~호!

나는 고함을 지르며, 껑충 껑충 뛰고 있다.

그녀가 드디어 이번 주말 서울에 온다는 것이다.

우리는 영화를 보기로 했다.

서울 강남역의 위치한 극장에 미리 영화티켓을 예매했고, 토요일 낮 2시에 고속버스터미널 버스 승강장에서 만나기로 했다.

미리 마중을 나갈 것이다.

나는 일상에서 거의 사복을 입지 않고, 양복을 입는 편이라서 캐주얼 차림의 옷이 거의 없다.

캐주얼 차림으로 나가고 싶었지만, 입을 만한 옷이 없어 할 수 없이 양복을 선택했다.

세미 정장으로 굳이 타이를 매지 않아도 되고, 좀 세련된 색상이라고 판단했다.

평소 몇 달 동안 차 청소를 하지 않았는데, 전날 이미 세차한 후 광택을 먹인 나의 갤로퍼 이노베이션은 4WD의 묵직하고, 탄탄한 근육처럼 보이는 바디가 정말 멋졌다.

강남고속터미널 '강원 고속' 승강장이 약속 장소다.

나는 시간을 보며 그녀가 오길 애타게 기다렸고 얼마 후 전화벨이 울렸다.

"여보세요."

"아저씨. 어디 있어요?"

"어디 있긴. 강원 고속 승강장 앞에 서 있는데…"

나와 그녀는 바로 앞에 서 있는 서로를 발견하지 못했다. 아마도 지난 번 만났을 때보다 더 세련한 모습으로 변해있었기 때문에 서로의 존재를 인식하지 못한 것 같다. 휴대폰 통화음이 울린 후에야 서로를 알아볼 수 있었다.

그녀는 화장을 했고, 그레이 톤의 원피스와 하이힐을 신고 있었다.

그리고 여행용 가방을 끌고 있었다.

정말 성숙한 요조숙녀의 모습으로 변신했다.

사랑스런 향기가 전해지는 여인이다.

"아저씨, 양복 입었네요. 처음 봤을 때는 꾀죄죄했는데 지금 보니까 아저씨 양복 잘 어울린다."

"요정이도 지난 주 보다 더 예뻐졌는데. "

우리는 그냥 웃었다.

나는 이번 주에도 빠짐없이 그녀에게 편지를 보냈고, 하루도 쉬지 않고 전화 통화를 했다.

그녀는 내게 편지를 잘 쓴다고 말했다.

칭찬한다고 겸손할 내가 아니다.

"그럼. 당연하지. 내가 글 좀 쓰지."

실제로 군 시절에는 후임병 여동생이 나의 느끼한 편지내용에 감동하여 면회를 온 적도 있었다.

아쉽게도 '고삐리'*지만….

그녀를 차에 태운 후 극장으로 갔다.

주말이라서 혼잡스러웠지만, 우리는 방관자처럼 느긋하게 서두르지 않고 행동했다.

나는 그녀에게 농담도 했다.

"요정아, 손 줘 봐."

그녀가 내 쪽으로 손을 내밀었다.

나는 그녀의 손가락을 만지며, 소매치기하기 좋은 손이라고 말했다.

"이것 봐. 손가락 길어갖구. 지갑 빼내기 좋은 손이라니까."

그녀가 울컥하며 능청스럽게 대답했다.

"무슨 소리예요! 피아노 치기 좋은 손이지."

우리가 본 영화는 아마겟돈이다.

소행성이 지구를 향해 다가오는 것을 감지한 NASA는 지구와 소행성의 충돌을 막기 위해 소행성을 파괴하기로 한다. 이에 NASA는 드릴 엔지니어인 해리(브루스 윌리스**)에 도움을 요청하고 해리는 자신의 동료들과 함께 우주로 가서 소행성을 폭파시킨다는 내용이다. 영화는 재미있었지만, 슬픈 장면도 있어 마지막 엔딩 장면에서 눈물을 보이지 않기 위해 노력한 것으로 기억한다.

---

* 고삐리: 고등학생을 지칭하는 은어

** 브루스 윌리스: 미국의 영화배우 다이하드 시리즈로 유명한 액션배우

극장에서 나온 우리는 식사를 하기 위해 신사동으로 이동했다.

한정식 집인데, 업무상 중요한 손님 또는 내가 특별하게 생각하는 사람들을 접대하는 단골집이다.

어느 때는 예약을 미리 하지 않으면 방이 없는 경우도 있다.

음식 값은 좀 비싼 편이지만 깔끔하고 다양한 음식을 맛볼 수 있는 곳이다.

나는 미리 방을 예약했고, 봉사하는 아가씨에게 미리 팁을 주며 특별히 신경을 써달라는 부탁도 했다.

식사를 마친 후, 우리는 어느 국도변의 한적한 농원을 걸었고, 저녁에는 찻집에서 대화를 나누었다.

우리는 주로 남녀의 가치관, 견해차이 또는 시시콜콜한 수다를 떨었다.

나는 언젠가 기회가 되어 여행을 떠나게 된다면, 시베리아의 삼나무가 울창한 숲에서 회색늑대처럼 포효해 보고 싶다는 소망을 말했으며, 늑대처럼 음흉한 눈빛으로 그녀의 가슴을 뚫어져라 쳐다보면서 혓바닥을 입술 주위로 내밀어 입맛을 쩝쩝 다시며 말했다.

"맛있겠다."

"스으읍~" 입술소리가 났다.

그녀가 소리쳤다.

"이런 변태 자식. 나쁜 놈아!"

찻집에서 나온 우리는 잠시 동안 길을 걸었고, 하늘을 올려다보며 깊은 별빛을 보았다. 그 중에서도 늦가을 가장 아름다운 빛은 내 옆에 서 있다. 그 아름다운 빛은 차마 하늘로 올라가지 못하고, 잠시 동안 사랑스런 눈빛으로 나를 바라보는 것이라고 생각했다.

우리의 차는 그녀가 내일까지 머무는 친척집 잠실로 향했다.

그녀는 차 안에서 여전히 수다를 떨었고, 나는 애틋한 마음으로 그녀의 얘기를 빠짐없이 경청했다.

내일은 함께 바다를 보기로 했으며, 내가 내일 다시 이곳으로 오기로 약속했다.

잠실 역 부근 한 아파트에 그녀를 내려주기 위해 차를 세웠다.

"그럼. 아저씨 내일 봬요."

나는 고개만 끄덕이며, 차에서 내리려는 그녀의 손을 붙잡았고 입을 쭉 내밀며 손으로 입술을 가리키고는 말했다.

"여기다 뽀뽀 한번 해주고 가면 안 될까?"

그녀는 웃으면서 나의 입술을 손바닥으로 때리며 말했다.

"잘 가요. 개구쟁이 아저씨."

그리곤 친척이 거주하는 아파트 쪽으로 종종걸음으로 뛰어갔다.

나는 멀어져 가는 그녀의 뒷모습을 바라보며 속으로 중얼거렸다.

"잘 가, 나의 요정."

다음날 아침, 나는 그녀와 어제 헤어진 장소에서 그녀를 기다렸다.
그녀가 아파트 현관문을 나오며 나를 불렀다.

"아저씨!"

나는 대답을 하지 않고 가만히 그녀의 얼굴을 응시하며 말했다.

"잘 잤나요?"

"네."

"정말?"

"네."

"자다가 깨지 않았고?"

"네."

"출발할까요?"

"네."

"아침식사는 했어요?"

"네."

"당신 나한테 시집 올 거지?"

"네. 아니요. 아니요."

그녀는 얼떨결에 '네'라고 대답했다가 다시 정색하며 '아니요'라고
한다.

"뭐야! 시집 온다고 했잖아!"

가을의 결실을 소망하는 시원한 바람이 차창을 통해 들어왔다.

대화라는 것은 밀물과 썰물처럼 들어갔다 나왔다 하는 것인데, 우리는 수다를 열심히 떨었다. 나는 평소에 말이 많은 편은 아니지만, 오늘은 유난히 말수가 많았다. 누군가를 좋아하게 되면 그 사람의 이야기, 행동, 표정, 몸짓까지도 마음에 동요를 만든다. 올림픽대로에서 경인고속도로를 타고 다시 제2경인고속도로를 진입하여 월미도에 도착했다.

주차를 시킨 후, 차에서 두툼한 파카를 꺼내 그녀의 어깨에 걸쳐주었다.

뱃고동 소리도 들려왔다.

걷는 동안 우리는 서로 손을 잡고 나란히 걸었다.

말은 없어도 어색하지는 않았다.

바닷바람을 맞으면서, 우리가 어떤 모습으로 변해갈지 대화를 나누며 걸었다.

미래를 설계하고, 꿈꾸는 것은 젊음의 특권이다.

청년들은 살아온 날보다 살아갈 날들이 많아서 미래를 꿈꾸지만, 살아온 세월이 더 많아지는 시기가 되면 과거의 기억을 자꾸 회상하게 되는 것 같다.

나도 그랬다.

미래의 내 모습을 상상하기도 하지만, 과거의 내 모습도 선명하게 떠오른다.

우리는 잠시 걷다가 의자에 앉았다.

나는 그녀를 처음 만났던 날을 회상했다.

어릴 적부터 찬란하고 신비스런 세상이 밤하늘 속에 펼쳐진다는 사실을 알고 있던 나는 해 저무는 풍경을 지켜보며 저녁을 기다리고 있었다.

그런데, 우연히 길을 잃고 내게 찾아온 어떤 아가씨는 호기심이 많았으며, 말괄량이 숙녀였다. 함께 밤을 지새우는 동안 내 마음 속에는 새로운 희망이 새겨졌다. 다음날 작별을 고하는 그녀를 위해 쓸쓸한 마음을 감춘 채, 다시 만날 날을 기약하며 따뜻한 웃음으로 인사를 대신했다.

서울로 돌아와 그녀에게 안부 묻기 위해 전화를 걸었지만 통화가 되지 않아 번민과 갈등 속에서 일상을 보낸 날들.

그만 그녀를 잊어버릴 것이라고 체념하던 어느 날, 그녀의 전화 한 통화에 나의 일상과 생활이 모두 바뀌게 되었던 날들.

세상이 아름다워 보이고, 사람의 체온이 따뜻하게 느껴지는 것은 내 자신이 누군가는 간절히 원하고, 바라보며 살아가기 때문이라고 고백했다.

그녀는 나의 솔직한 말에 살짝 미소만 보였을 뿐 묵묵히 듣고만 있었다.

그녀의 웃음은 상냥하며, 남국의 햇살처럼 이국적인 느낌이기도 했다.

나는 그런 그녀를 바라보며 오늘 저녁, 집 근처 공원 의자에 앉아 늦가을 가장 아름다운 별을 찾을 수 있을 거라는 생각이 들었다.

❋ ❋ ❋

대화 도중 어쩌다가 목욕탕 얘기가 나왔다.

나는 어릴 적 여자의 인체구조가 어떻게 생겼는지 정말 궁금해서 동네 목욕탕 여탕 창문을 몰래 열고 훔쳐보다가 주인아저씨한테 들켜 돼지게 맞은 적이 있다고 말했다.

"아저씨는 어릴 적부터 순 변태였네요."

나는 얼버무리듯 말했다.

단지 교육적인 차원, 즉 배우고자 하는 순수한 마음에서 여자의 인체구조를 탐구한 거라고…

그녀는 정말로 내가 여자의 신체를 모두 보았는지 궁금해 하며, 호기심 속에 질문을 했다.

"아저씨, 그럼 다 봤어요?"

나는 음흉하게 미소를 지으며 대답했다.

"그럼. 다 봤지."

나는 목욕탕 주인아저씨한테 두들겨 맞았을 때도 즐거운 마음과 감사한 마음으로 맞았다고 했다.

그리곤 그녀의 몸을 위 아래로 훑어보며, 그녀의 나체를 상상하는 흐뭇한 표정을 지으며 입맛을 다셨다.

그녀가 고함치며 말했다.

"이 나쁜 변태 놈아!"

✻ ✻ ✻

우리는 포구 근처 횟집에서 식사를 끝마쳤다.

그녀는 식사 후 어떤 약을 복용했는데, 무슨 약을 복용했냐고 물었더니 얼마 전부터 약간의 빈혈증상이 있어 약국에서 구입한 약이라고 말하면서 별 것 아니니 신경 쓰지 않아도 된다는 것이다.

나는 그녀를 감싸 안고 차로 향했다.

그녀는 몸이 피곤했는지, 잠실에 사는 친척집으로 데려다 달라고 말했다.

차가 출발하고부터 그녀는 차창에 머리를 기대며 잠들고 있었다.

난 마음이 복잡했다.

이대로 그녀와 헤어지고 싶지 않았다.

잠시 망설이다가 차를 몰아 향한 곳은 호텔이었으며, 잠결에 정신이 몽롱했던 그녀는 목적지가 호텔인지 모르고 나를 따라 건물 안으로 들어왔다.

안내 데스크에서 카드 결제를 하려는 순간, 그녀는 우리가 들어온 장소가 호텔이라는 사실을 인식하고는 당황스런 표정이 되어 호텔에 있는 것이 정말 싫다며 정색했다.

그녀는 나를 오해하고 있는 것이다.

나는 단지 그녀와 같이 있고 싶은 마음뿐, 다른 생각은 전혀 하지 않았다.

22살 꼬맹이 아가씨에게 흑심을 품을 수 있겠는가?

하지만 그녀의 눈을 똑바로 쳐다보니, 나는 죄책감이 들었다.

호텔 매니저에게 죄송하다는 말을 드린 후, 우리는 호텔을 나왔다.

대신 그녀에게 내가 자취하는 집으로 가자는 제안했다.

그녀는 처음엔 잠시 망설였지만, 내가 사는 집에 같이 가기로 결심했다.

우리의 차는 내가 자취하는 집으로 향했다.

나는 학창시절을 큰형님 집에서 보냈는데, 나의 사랑하는 부모님을 대신하여 따뜻한 온정을 베풀어 준 분은 큰형님과 형수님이다. 조카 녀석 둘이 있는데, 내 가족이면서 친구이다. 나는 29살 때 형님 집에서 분가하여, 현재 작은 평수의 아파트에 전세로 혼자 살고 있다.

아파트 주차장에 주차를 시킨 후 그녀와 엘리베이터 안으로 들어와 6층을 눌렀다.

엘리베이터가 6층으로 올라가는 동안 우리는 잠시 어색해졌다.

엘리베이터에서 내린 후 그녀와 함께 천천히 복도를 따라 601호로 걸어갔다.

난 그녀가 나의 진심을 믿어줘서 고마웠다.

현관문을 열고 들어와서 그녀를 거실에 앉혔다.

그녀는 많이 힘들었는지 나한테 졸음이 쏟아진다고 말했다.

난 얼른 방으로 들어가서 불을 켰고 이불자리를 편 후, 그녀에게 수면을 취하면 피로감이 풀릴 것이라고 했다.

정말 부담 갖지 말고 편하게 잠이 들었으면 좋겠다고 말했다.

약간은 멋쩍고 망설이던 그녀가 웃으면서 말한다.

"고마워요, 아저씨."

그녀가 이부자리에 눕자, 나는 방의 전원 스위치를 내렸다.

방 안은 어둠 속에서 침묵이 흘렀고, 시간은 벌써 7시나 되어 버렸다.

나는 누워있는 그녀의 손을 잡고 아무런 생각 없이 멍하니 앉아있었다. 그런데, 잠든 줄만 알았던 그녀가 몽롱한 상태에서 나를 부르는 것이다.

내가 곁에 앉아있어 잠을 이루지 못한 것이다.

"아저씨~"

"응."

그녀가 잠결에 약간 코맹맹이 소리를 내며 불렀기 때문에 나는 살짝 기대했다.

"나한테 이상한 행동하면 안 돼요."

나는 실망하며 소리쳤다.

"알았어! 이 웬수야!"

＊　＊　＊

나는 평화롭고도 고요히 잠든 그녀를 바라보며 그녀의 작은 이마에 손을 얹고 가늘게 감은 눈을 응시했다.

그러면 그녀는 꿈속에서 어떤 바보를 만나게 될 것이다.

잠든 그녀를 바라보던 바보는 그녀의 입술에 입맞춤하고서 살며시 미소 짓고, 그녀의 입술엔 미소가 번지며 깊은 평온에 젖어 든다.

그녀가 잠든 후, 3시간 정도 흘렀을까….

그녀의 가방 속에서 휴대폰 벨 소리가 울렸다.

주인이 잠든 휴대폰 벨 소리는 계속 울리다가 멈췄다.

"아저씨. 불 좀 켜주세요."

잠든 그녀가 휴대폰 벨 소리에 깨어나 처음 내게 한 말이다.

안방의 전원 스위치를 올렸다.

불이 켜졌다.

캄캄한 어둠 속에서 눈 뜬 그녀가 눈을 제대로 뜰 수 없게 되자, 눈을 깜박거리며 내게 말했다.

"아저씨 제 가방 좀 갖다 줄래요. 휴~ 나 어떡해."

그녀는 가볍게 한숨을 쉬며, 가방 속에서 휴대폰을 꺼내더니 걸려 온 전화를 확인했다. 그녀는 인상을 찡그리며 무언가를 골똘히 생각하다가 생각이 정리된 듯, 두 팔을 내게 쭉 뻗어 귀여운 표정을 지으며 말했다.

"아저씨. 나 좀 일으켜 세워줘."

나는 그녀 곁으로 다가가서 그녀의 두 팔을 잡고 내 앞으로 힘껏 잡아 당겼다. 당기는 순간, 힘에 의해 그녀의 상체와 나의 상체가 밀착되어 버렸다.

나는 순간 두 손으로 그녀의 머리를 감싸며, 내 입술을 그녀의 입술 쪽으로 가져갔다.

그녀가 눈을 감았다.

우리의 입술은 서로 포개졌고, 나는 그녀의 입 속으로 혀를 집어넣었다.

나의 두 팔은 그녀의 허리를 감쌌다가 그녀의 등, 머리 어깨, 그녀의 신체 부위를 만지고 있었다.

그녀 또한 나의 허리를 감싸 안았다.

우리는 한참 동안 키스를 했다.

나의 손이 그녀의 옷 속으로 들어갔다.

그녀의 부드러운 피부감촉이 느껴졌다.

하지만 여기까지다.

더 이상은 더 이상 진행한다면, 나는 내 자신을 통제할 수 없을 것이다.

그녀 또한 나의 갑작스런 행동에 놀라는 눈치였다.

나의 두 팔은 감았던 그녀의 허리를 풀었고, 웃으면서 그녀의 눈을 똑바로 처다보며 이렇게 말했다.

"다음에 또 이런 좋은 기회가 온다면 그때는 각오해."

그녀가 웃으며 고개를 끄덕였다.

얼마 안 있어 그녀의 휴대폰 벨 소리가 다시 울렸다.

그녀가 전화를 받아보니 잠실에 사시는 친척 어르신이었다.

빨리 귀가를 서두르라는 전화였다.

우리는 잠실로 향했다.

이 허무함, 이 쓸쓸한 감정은 무엇일까?

나는 정말 그녀와 헤어지기 싫었다.

이대로 그녀를 데리고 도망가 버릴까 하는 생각도 들었다.

잠실 역 부근 아파트에 도착했다.

"잘 가, 내일 연락할게."

"아저씨도 조심히 운전해요."

"다음 주에 춘천으로 갈게."

그녀는 나의 말에 아무런 대꾸도 하지 않고, 고개만 끄덕였다.

올림픽대로를 달리던 도중, 갓길에 차를 정차하고 한강 너머 난지도를 바라보았다. 서울의 쓰레기 매립지였던 쓰레기 산이 아름다운 자연으로 변해있다.

집으로 돌아와 어두운 방 안에서 홀로 많은 생각을 해야 했다.

먼저 지나간 겨울이 다시 되돌아오는 것 같다.

나의 이기적인 생각은 생소한 바람의 질량과 비슷했다.

외로운 방 안을 맴돌던 기민한 상상과 혼자 남은 고독이 밀려왔다.

깊어가는 마음, 갈증은 해소되지 않았다.

＊ ＊ ＊

다음날.

그녀가 전화 통화 도중, 뜬금없이 노래를 불러달라고 한다.

그래서 불렀다.

난 네가 기뻐하는 일이라면 뭐든지 할 수 있어.

난 네가 좋아하는 일이라면 뭐든지 할 수 있어.

별보다 예쁘고 꽃보다 더 고운 나의 친구야.

중략

난 네가 기뻐하는 일이라면 뭐든지 할 수 있어.

난 네가 좋아하는 일이라면 뭐든지 할 수 있어.

정수라 - 난 너에게(공포의 외인구단 OST) 중에서

노래가 끝났을 때, 그녀는 박수를 치며 환호했고, 정말 많은 칭찬을

해주었다.

칭찬한다고 해서 겸손해 하고 쑥스러워 할 내가 결코 아니다.

나는 건방을 떨었다.

"요정아. 나니까 이 정도 노래 부르지. 다른 사람은 어림도 없다니까. 아! 나는 가수해야 돼. 음반 한번 낼까. 용필이 오빠도 나의 재능을 보았다면 가수를 포기했을 거야. 왜 내가 여기 있는 거야. 동남아 순회공연 한번 하고 올까. 내가 그대를 위해 이런 멋진 노래를 …. 그대는 이런 나의 피나는 노력을 보고도…."

그녀가 더 이상은 못 들어 주겠는지 중간에 말을 끊으며, 야유하듯 격양된 목소리로 소리쳤다.

"아저씨! 사람이 좀 겸손해야지. 칭찬 좀 해주니까. 방정 떨고. 아~유! 수준 떨어져!"

나는 울컥하며 말했다.

"이 웬수 덩어리! 일루와. 넌 내 손에 죽었다. 뭐? 수준 떨어져!"

그녀가 소리쳤다.

"싫어. 니가 와. 이 멍청아!"라고.

✻ ✻ ✻

퇴근 후 백화점에 갔다.

숙녀복 코너 매장 직원에게 요즘 여성들이 선호하는 원단 또는 색상과 디자인을 문의했다.

태어나서 처음으로 숙녀복 코너를 찾아간 것이다.

좀 쑥스럽기도 하고, 동물원의 구경거리 원숭이가 된 느낌이었지만,

그녀가 기뻐하는 모습을 상상하며 꾹 참아냈다.

나는 그녀의 체형을 몰랐기 때문에 옷을 구매하기까지 한참 동안 매장 여직원에게 도움을 받아야 했다. 또 지나치는 많은 여성들 중에 체형이 비슷해 보이는 젊은 아가씨가 보이기라도 하면 손짓으로 지목하며 방금 매장을 지나친 아가씨가 내가 선물하려는 아가씨와 비슷한 체형이라고 설명하기도 했다. 상냥한 여직원은 나의 많은 질문에 친절히 답하면서 구매하기까지 많은 시간 동안 대화를 주도하며 도움을 주었다. 대부분의 남자들은 여자친구에게 옷을 선물할 때, 직접 매장으로 데리고 와서 맘에 들어 하는 옷을 사주는데, 손님처럼 옷을 선택해 달라고 부탁하는 경우는 거의 드물다고 한다. 만약 입어보고 사이즈가 다르다면, 맞는 사이즈로 교환해 주겠다고 말하며 옷 포장도 정성껏 예쁘게 해 주었다.

하늘색 계통의 원피스인데, 보는 시선, 각도에 따라 색이 약간 달라 보인다.

아무튼 요즘 유행하는 카멜레온 원단이라고 한다.

그녀가 입으면 정말 예쁠 것 같다는 생각이 들었다.

하이힐도 샀다.

이 원피스와 하이힐을 신은 그녀의 모습을 상상했다.

토요일 퇴근 후, 바로 춘천으로 출발했다.

우리는 강원대학교 앞에서 만나기로 했다.

"닭갈비나 먹으러 갈까?"

우리는 식당에서 닭갈비를 주문했고 소주를 시켰다.

그녀는 입맛이 없는지 닭갈비를 조금밖에 먹지 않았다.

나는 근심스런 눈길로 "왜 먹지 않냐?"고 물었지만, 그녀는 밝게 웃으면서 아저씨가 잘 먹는 모습만 봐도 즐겁다고 했다.

그녀는 가끔 나를 애틋한 눈빛으로 바라본다.

잔이 비워지면 내 빈 잔에 소주를 채워 주웠다.

그녀가 따라주는 술이 달다.

한 병 더 마시고 싶었다.

나는 원래 눈치가 없다.

그녀가 어떤 기분인지, 어떤 몸 상태인지, 나는 알 수가 없다.

내가 술을 마셨다고 하는 말이 아니다.

여자들은 한 결 같이 남자친구한테 "꼭 말로 표현을 해야 아느냐. 눈치가 없냐."라고 말한다.

말 안 하면 어떻게 알겠는가?

그녀는 식사 후 가방에서 약을 꺼내 복용했다.

나는 그녀가 복용하는 약이 무엇일까 궁금했지만 이번에는 물어보지 않았다.

우리는 식당을 나와 잠시 동안 시내를 걸었다.

그런데 잠시 걷는 동안, 그녀는 졸음이 쏟아진다고 말했다.

나는 그녀에게 몸 상태가 좋지 않다면, 병원에 가자고 제안했다.

그렇지만 우리가 선택한 곳은 병원 대신 모텔이었다.

나는 그녀를 침대에 눕히고 전기 스위치를 내렸다.

방 안이 어두워졌다.

해가 그만큼 짧아진 것이다.

이제 추운 겨울이 오는 것인가?

그녀는 식당에서 복용한 약 때문인지 그대로 잠들어갔다.

잠이 든 그녀의 얼굴을 어둠 속에서 유심히 바라보았다.

바라만 보고 있어도 행복했고, 마음 한구석이 뭉클해지는 느낌이다.

그런데 나쁜 상상이 나도 모르는 사이에 들었다.

잠이 든 그녀를 한참을 바라보고 있었더니, 정말 고문을 당하는 기분이 들었다.

아! 미치겠다.

문득 어릴 적, 나이 많으신 사촌 형님께서 내게 들려주신 두 마리의 늑대 이야기가 떠올랐다. 인디언의 속담에서 유래된 이야기인데, 지금 나에게 꼭 맞는 상황인 것 같다.

사람의 마음속에는 두 마리의 늑대가 살고 있다고 한다. 사랑, 인정, 질서, 연민, 희망 등을 먹고 사는 착한 늑대와 다른 한 마리는 질투, 시기, 편견, 갈등, 나약함 등을 먹고 사는 사악한 늑대라고 하셨다.

사촌 형님은 두 마리 중에 '어떤 늑대가 이기게 될까?'라고 내게 문제를 내셨다.

한참 동안 생각해 보았지만, 나는 어떤 늑대가 더 힘이 센지 모르겠다고 대답했다.

인자하신 사촌 형님께서는 미소를 머금으며 이렇게 말씀하셨다.

"네가 먹이를 주는 쪽 늑대가 이기게 된단다. 영복아. 작은 생각에서부터 사람은 변하고, 주위가 변하고, 세상이 변하게 된다. 또한 너의 마음속에는 한 그루의 작은 나무가 자라고 있으니, 그 나무는 무럭무럭 자라서 사람들에게 산소를 제공하고, 더운 날에는 그늘을 만들어 줄 것이다. 지금은 비록 너의 작은 나무지만 무럭무럭 성장한 나무는 주위에 많은 사람들을 나무 안에서 휴식을 취하게 만들 것이다."

또한 내가 마음 아픈 사람들을 포용할 수 있는 큰 그릇의 남자로 성장해 갈 것이라는 말씀도 하셨다.

너그러우신 사촌 형님께서는 나의 부모님이 세상을 떠난 후 몇 년을 더 사시다가 돌아가셨다. 형님은 우리 아버지보다 나이가 5살이나 많으셨지만, 아버지께서는 '작은 아버지'라고 호칭했다. 나이가 적은 아버지께서는 사촌 형님께 늘 하대를 하셨고, 사촌 형님은 언제나 아버지께 깍듯이 존칭을 사용하셨다.

8살에 불과했던 나는 아버지와 사촌 형님의 관계를 이해할 수 있는 나이는 아니었지만, 사촌 형님께서 일러주신 많은 교훈들은 내 삶 속에서 습관이 되고 버릇이 되었다.

지금 이 순간도 형님께서 일러주신 교훈을 기억하는 나의 이성이 힘든 싸움을 이어가고 있었다.

그녀가 잠에서 깨어날 때까지 내 안의 두 마리의 늑대는 잠든 그녀를 두고 치열한 싸움을 멈추지 않았으며, 만신창이가 된 채 서로를 노려보고 있었다.

몇 시간이 흘렀을까?

그녀가 잠에서 문득 깨어났다.

나는 방 안에 전기 스위치를 올렸다.

방 안은 환해졌고 그녀는 눈을 깜박깜박 거리며, 작은 목소리로 내게 흘러간 시간을 물었다.

"아저씨 지금 몇 시나 됐어요?"

그녀가 물어보는 말에 나는 대답 대신 침묵을 했다.

그녀가 다시 목소리를 조금 높여 시간을 물었다.

"아저씨 지금 몇 시에요?"

나는 이번에도 대답하지 않았다.

내가 그녀의 질문에 아무런 대답을 하지 않은 이유는 그냥 심통이 나 있었기 때문이다. 정확히 내 자신의 기분이 어떤지 말로 표현할 수 없었지만, 서울에서부터 그녀를 만나기 위해 자동차로 몇 시간을 운전하여 먼 거리를 찾아왔는데, 모델에서 잠든 그녀만을 바라보며 시간을 보냈다는 것에 대한 억울한 마음과 보상받고 싶은 마음이 들었던 것 같았다.

눈치 빠른 그녀도 내 마음을 읽었을 것이다.

우리는 모델을 나왔다.

그녀가 내 차에 올라탔다.

그녀의 집으로 가는 동안 우리는 서로 말이 없었다.

서로에게 미안한 감정을 먼저 말하지 못하는 것뿐이다.

집 앞에 도착한 그녀가 차에서 내리며, 자신 때문에 내 기분이 상했다고 생각했는지 미안함을 내게 표현했다.

"아저씨, 오늘 정말 미안해요. 아저씨의 기분을 생각하지 않고, 제 생각만 한 것 같아요."

"아니야, 요정아."

나는 그녀를 안으며, 오히려 내가 심통을 부려 미안하다는 말을 다른 표현으로 대신했다.

"정말 널 아끼고 있어."

그녀가 투정 부리듯 대꾸하며 말했다.

"만날 때마다 구박만 하면서."

나는 이 순간 정말 진지하고도 간절한 마음으로 말했다.

"이제 널 구박하지 않아. 정말이야. 만약 힘든 일이 있다면 나한테 제일 먼저 얘기해 줘."

그녀는 울려고 했고, 나는 핀잔을 주었다.

"울려고?"

"내 맘이에요."

나는 그녀에게 잠깐 기다리라고 말하며 차 뒷좌석에서 전날 미리 준비해 두었던 선물을 꺼내왔다.

선물을 건네주며, 내일 만날 때 원피스와 구두를 신은 요정이의 모습을 보고 싶다고 말했다.

"아저씨, 고마워요. 내일은 아저씨가 선물해준 옷 입고 나올게요."

나는 그녀가 너무나 사랑스러워 부드럽게 안았다.

그녀가 나의 귀가를 걱정하는 마음으로 질문했다.

"아저씨 근데 잠은 어디서 잘 거에요?"

나는 능청스런 표정으로 말했다.

"뭐야, 모텔에서 같이 자기로 했잖아?"

그녀가 발끈하며 말한다.

"내가 언제 그런 말했어요!"

나는 능글맞으면서도 장난기 어린 말투로 말했다.

"그런 말 안 했어? 안 했으면 말고. 그럼 나 혼자 차 안에서 자야지 뭐. 난 괜찮지 뭐. 차 안에서 휴지처럼 구겨 자면 어때. 요정이만 편하게 코 골면서 자면 되지 뭐. 차 안에서 추위에 떨면서 자면 좀 어때. 요정이만 따뜻한 방 안에서 침 흘리고 자면 되지. 난 괜찮아. 감기 좀 걸리면 어때. 약 사 먹으면 되지 뭐."

"그럼 아저씨는 휴지처럼 구겨 자다가 감기나 걸리세요. 감기약은 내가 내일 사주지 뭐."

그녀의 뻔뻔스런 말에 나는 아무런 반박을 하지 않았다.

단지 온화한 표정을 지으며, 다정하게 말했을 뿐이다.

"요정아. 너는 지금처럼 씩씩하고 뻔뻔스런 표정이 더 예뻐. 내 걱정은 하지 마. 집으로 돌아갔다가 내일 다시 올게."

그녀는 나의 말이 정말 감격스러웠는지, 눈물을 글썽인 채 나의 허리를 감싸 안았다.

아~ 정말 좋은 연인들의 분위기다.

하지만 나는 꼭 이런 감격적인 순간에 분위기를 깨는 헛소리를 해 댄다.

나는 나지막하게 속삭이는 목소리로 그녀의 귀에다 장난치듯 말 했다.

"요정아. 우리 지금 분위기도 좋은데, 모텔 같이 가서 아기나 하나 냅다 만들어 버릴까? "

나는 단지 가벼운 농담으로 한 말인데, 그녀는 정색하며 안았던 나의 허리를 매정하게 뿌리쳤다.

그리고는

'어쩜 넌 그렇게 한심하니' 하는 표정으로 말한다.

"아유! 어쩐지! 이 인간이 분위기를 잡더라. 그리고 냅다가 뭐니!"

＊　＊　＊

"잘 잤어?"

"네, 오빠."

"오빠라고?"

"네."

"다시 한 번 불러줄래."

그녀가 나를 지긋한 눈빛으로 바라보며, 부드러운 목소리로 다시 한 번 말했다.

"오~빠."

우리는 겨울의 어느 고궁의 담벼락 사이에 놓여있는 의자에 나란히 앉아있다. 햇살 속에서 우리는 광합성을 하는 두 그루의 나무가 되었다.

그녀는 어제 내가 선물한 원피스를 입었고, 구두도 신었다.

다행히 옷과 구두는 그녀와 잘 어울린다.

"아저씨, 오늘은 왜 저 구박 안 해요?"

나는 웃으면서 이제부터는 정말 사랑스런 연인으로 대해주겠다고 말했다.

그리고 더 이상은 조급함으로 그녀를 부담스럽게 만들지 않겠다고 마음속으로 다짐했다.

"요정아, 우리가 만난 지 얼마나 됐지?"

"4개월이 넘었어요."

"벌써 그렇게 많은 시간이 흘렀네."

"아저씨 저 궁금한 것이 있어요."

"뭐?"

"만약 내가 아저씨 차버리면 어떻게 할 거예요?"

순간 난 심난한 표정이 되었다.

그녀는 농담으로 한 말인지 몰라도 난 상심이 컸다.

정말 그녀가 내 곁을 떠난다면 나는 어떻게 해야 할까?

잠시 동안 침묵하다가 시무룩하게 웃으며 대답했다.

"난 엉엉 울어버릴 것 같아. 글쎄… 어쩌면 나는 처음부터 요정이와 맞지 않는 사람이라고 생각했으니까."

"왜요?"

"나는 요정이에게 지금도 근접할 수 없을 걸. 누군가를 좋아하고 그리워하는 것이 이처럼 행복한 마음인지 난 몰랐어. 단지 자연 속에서 사색에 잠긴다거나, 우주의 공간을 상상해 본다거나 이런 것들은 내가 좋아하는 버릇 중 하나겠지. 하지만 지금처럼 가슴이 설렌다거나, 마음이 아프다거나 그런 감정은 없을 거야. 나는 어릴 적부터 심각하고 진지한 얘기에는 익숙하지 않아. 항상 장난치고 농담하는 것에 익숙해져 있어. 난 가끔 바보 같기도 하지만 멍청이는 결코 아닐 거야. 난 가끔 내 미래를 그리워해. 언제나 요정이와 함께 성장해 가는 나를 바라보게 되었으면 하는…."

그녀는 고개를 끄덕이며, 다시 진지한 표정으로 질문했다.

"아저씨. 아저씨는 제가 여인으로 느껴져요?"

"그럼. 성숙한 여인으로 느껴지지. 난 가끔 나쁜 상상을 할 때도 있어."

나는 순간 말실수를 했다고 판단했으며, 어물쩍 넘어 가려 했다.

그런데 그녀는 어떤 상상을 했는지 집요하게 물고 늘어졌다.

"어떤 상상이요. 말해 봐요?"

"싫어, 말 안 할래."

"이 변태. 이상한 비디오에 나오는 장면. 그런 상상 하는구나."

"아니야."

"그럼 뭐예요? "

그녀는 한참 동안을 어떤 상상을 했는지 추궁했다.

주먹으로 때리기도 하고, 발로 차기도 했다.

하지만 나는 어떤 상상을 했는지 결코 말하지 않았다.

＊　＊　＊

오후가 지나면서 우리는 춘천 소양 댐 하류 그녀의 집 근처에 위치
한 한적한 호수에서 석양이 지는 모습을 보고 있다.

우리는 벤치에 나란히 앉아서 온통 붉게 물든 태양의 그림자를 지
켜보고 있다.

"요정아! 우리 같이 떠날까."

"어디로요?"

"글쎄. 얼루 가지?"

그녀는 나를 어린아이로 바라보는 듯한, 표정을 지으며 핀잔을 주
었다.

"아저씨는 진짜 이상한 사람이에요. 항상 바보 멍충이같은 생각만
하고."

나는 과잉 액션을 보이며, 정말 화가 많이 난 사람처럼 그녀를 노려보며 말했다.

"우~ 씨. 뭐 바보 멍충이! 넌 오늘 내 손에 죽었다!"

하지만 그녀는 표정 하나 바뀌지 않고, 마치 투정 부리는 아이를 엄마가 달래듯 내 엉덩이를 가볍게 두 번 토닥토닥 두들기며 말한다.

"아유~ 우리 아기 많이 화났쪄~"

이젠 나의 협박 비슷한 말과 표정도 그녀에게 통하지 않는다.

"흥. 맨~날 지 손에 죽는데. 한 번도 나한테 이긴 적도 없으면서."

"이게 봐 주니까."

"치~ 자기가 질 때마다 봐준데. 이 바보 멍충이가."

"뭐? 바보, 멍충이? 오늘은 도저히 못 참겠다. 일루와 너!"

"앗! 어딜 만져! 저리 안 가! 이 변태자식!"

✳ ✳ ✳

지평선 아래로 사라지는 태양을 바라보고 있노라면 내 곁을 떠나버린 그리운 사람들의 모습이 자꾸 떠오른다. 소행성 B612의 어린 왕자도 그리운 누군가를 떠올리며 저물어가는 태양을 바라보고 있을 것만 같다. 그는 작은 의자에 앉아 두 손을 모아 턱을 괴고, 그리움 속에 사라져 가는 붉은 빛을 보고 있을 것이다.

나는 이 우주 속에서 살고 있는 수많은 생명체들이 아름다운 풍경

속에 저물어가는 태양을 감상하는 모습을 상상해 보았다. 분명 어린 왕자를 포함한 수많은 이들이 같은 생각으로 해 저무는 풍경을 감상했을 것이다. 또 세심한 어린 왕자는 가시가 네 개밖에 없는 장미꽃이 갈증을 느끼지 않도록 물을 주고, 감기에 걸리지 않게 고깔도 씌웠을 것이다.

지구별의 많은 사람들은 어린 왕자가 다시 지구로 돌아오길 바라겠지만 나는 어린 왕자가 다시 지구로 돌아오지 말아야 한다고 생각했다.

만약 이 작고 소중한 아이가 지구로 다시 돌아오게 된다면, 삶 속에서 영원한 것은 없으며, 때가 되면 소중한 친구도 자신의 곁을 떠나게 된다는 사실을 깨닫게 될 것이다.

이 작고 소중한 아이가 눈물을 흘리며 슬퍼하는 모습을 상상해 보라.

그러면 우리는 매일 밤, 하늘 속에 나타나는 수많은 별들을 슬픈 마음으로 바라보게 된다.

만약 이 아이가 사하라 사막으로 돌아왔다면….

사막은 정말 위험한 곳이다.

우리가 위험한 장면을 상상하게 되면, 마음은 답답해지고, 별들은 빛을 잃게 된다.

"아니야. 아니야. 결코 그럴 리가 없지. 어린 왕자는 지구에 오지 못할 거야. 한 마리의 양과 새침데기 장미꽃이 어린 왕자가 다른 별로 여행을 떠나는 걸 허락하지 않을 테니까."

"그리고 사막에는 여우가 있잖아. 어린 왕자가 지구로 돌아왔다고 해도 틀림없이 여우가 이 소중한 아이를 보호해 줄 거야."

이런 생각을 하면 우리는 안도하는 마음으로 그리운 어느 별을 찾아보게 된다.

✳ ✳ ✳

지중해 풍 인테리어가 인상 깊은 레스토랑에서 저녁 식사를 했다.

그녀가 안내한 식당의 음식은 난생 처음 먹어보는 음식이었다.

"아저씨 오늘 저녁은 내가 살게요."

"싫어."

"왜요?"

"남자가 자존심이 있지. 어떻게 여자한테 얻어 먹냐."

"그동안 절 만날 때마다 아저씨가 돈 많이 썼잖아요. 오늘은 제가 살게요."

"그래도 싫어. 그럼 이렇게 하자. 요정이 가슴 한번 만지게 해주면 시키는 대로 할게."

그녀의 반응은 '그럼 그렇지 이 인간이' 하는 표정이다.

"어~휴. 정말. 아저씨는 나 만날 때마다 항상 그런 생각하죠?"

"아니야. 근데 가슴 한번 만지게 해주면 안 될까?"

나는 입을 헤~ 벌린 채, 그녀의 처분을 기다리고 있다.

그녀도 아무런 말도 하지 않고, 나를 빤히 바라보며 그냥 웃고 있다.

그러더니 갑자기 탁자 밑에서 그녀의 하이힐이 나의 종아리뼈를 정확하게 가격했다.

악~

난 비명을 질렀다.

* * *

이번 주에도 우리는 하루도 빠지지 않고 통화를 했다.

그리고 토요일엔 그녀가 서울로 왔다.

우리는 서로를 그리워하는 마음으로 바라보고 있었지만, 내 마음 한구석 허전함은 그대로였다.

그녀는 표정이 밝고, 나와 보내는 시간을 즐거워했다.

우리는 진한 키스를 했다.

나는 그녀를 친척집으로 보내기 싫었고, 오늘 밤을 그녀와 같이 보내고 싶었다.

하지만 다시 그녀를 친척집으로 돌려보내야 했다.

나는 언제나 그녀를 만나면 일부러 더 구박했다.

어차피 구박을 해도 그녀는 더욱 뻔뻔스런 표정을 지으며, 대담하고 행동할 것이다.

우리는 차 안에서 침묵하며 사랑스런 눈빛으로 서로를 바라보기도 했으며, 서로를 부둥켜안고 있기도 했다.

하지만 나의 갈증은 여전히 풀리지 않았다.

그녀는 역시 말괄량이 아가씨가 잘 어울린다.

"이 푼수데기가!"

그러면 그녀의 반격도 만만치 않다.

"흥! 자기는 팔푼이면서!"

그녀는 비록 나보다 10살이나 어리지만 지금까지 내가 알았던 어떤 아가씨보다 마음이 예쁘고, 생각이 깊고, 타인을 배려할 줄 아는 현명한 여인이다.

우리는 성격도 많이 닮았고, 외모도 비슷해지는 것 같았다.

"아저씨."

"응."

"아저씨는 지금 당장 소원이 있다면 어떤 소원을 빌고 싶어요?"

"말 안 할래."

"왜 말 못해요. 혹시 야한 상상이 현실이 되게 해달라는 소원 비는 것 아니에요?"

"아니야."

"그럼 왜 말 못 하는 건데요?"

"여자들은 남자의 깊은 상심과 생각을 이해할 수 없어."

"아저씨가 무슨 깊은 상심을 해요. 맨~날 야한 상상이나 하면서."

"요정아. 나는 성장하고 싶어."

"무슨 성장이요?"

"꼭 경제적인 성장을 말하는 것은 아니야. 사람과 사람의 성장이 될 수도 있고, 마음의 성장이 될 수도 있어. 예를 들자면 요정이는 나를 만나고부터 정신적으로 많이 성장했어, 그리고…."

"잠깐만요."

그녀는 웃으며 중간에 나의 말을 끊었다.

기가 막힌다는 표정이다.

"아저씨, 반대로 말하는 것 아니에요? 아저씨가 날 만나고부터 정신적으로 성장한 건 아니고?"

나는 그녀에게 핀잔을 주며, 다시 말을 이어갔다.

"중간에 말을 끊고 그래. 웬수. 요정아. 나는 삶에 대한 애착을 갖고 싶어. 또 살아가면서 가장 소중히 생각하는 누군가를 위해 헌신하면서 살아가겠다고 다짐했어. 그건 분명 내 삶에 대한 애착이 될 거야. 나는 내 자신이 인정하는 삶을 살아갈 수 있도록 노력할거야. 삶이란 꼭 객관적인 가치를 이루어야 행복한 것은 아니잖아."

그녀는 객관적인 가치를 이루어야 행복한 것이 무엇인지 내게 물었다.

"사람들이 생각하는 객관적인 행복의 가치를 굳이 표현하자면, 돈을 많이 버는 것이겠지. 하지만 나에겐 아직까지 돈보다도 더 소중한 것이 있어. 파수꾼처럼 먼 훗날을 즐거운 마음으로 생각하고 상상하는 거지. 사람을 만나서 서로 다른 가치를 타협하고, 늘 배려하는 마음으로 지켜봐 주는 것, 내가 나이가 들고 내 부인도 나이가 들어서 우리는 서로를 바라보기도 하고, 손을 잡고 웃으면서 나란히 걸어가기도 하겠지. 나는 현재를 살아가고 있지만 어쩌면 내 영혼은 이미 나의 미래를 다녀온 것인지도 몰라. 아마도 이 우주 어느 곳에서는 나의 미래 모습을 살아가는 어떤 녀석이 할머니가 되어버린 어느 여인을 지긋한 눈빛으로 바라보고 있는지도 모르지. 아마도 노인이 되어 버린 그들의 과거는 우리 둘의 모습일 거야."

나는 이런 말도 덧붙여 말했다.

"늘 요정이를 바라보면 일상의 편견을 모두 버릴 수 있을 것이라고. 나의 고정된 시각과 관념을 벗어날 수 있다고. 관습이나 선례에 얽매이지 않는 사람으로 성장해 가겠다고…"

그녀는 나의 알쏭달쏭한 말을 모두 경청하다가 문득 내게 이런 질문을 했다.

"아저씨, 아저씨는 나한테 왜 사랑한다는 말을 한 번도 안 해요?"

"궁금해?"

"네?"

"사랑이라는 것은 결코 쉽지 않아. 나는 아직까지 너무도 부족하고 미흡해. 다만 현재 널 아끼고 있을 뿐이야. 그리고 아직까지 우리는 진짜 사랑을 나누지 못했잖아."

"아~유. 그럼 그렇지. 이 인간아!"

"아저씨."

"응."

"아저씨는 어릴 적에 꿈이 뭐였어요?"

"음~ 나는 방랑자가 되고 싶었어. 어릴 적에는 신밧드, 톰과 같은 모험가로 성장하는 것이 꿈이었지. 특히 어릴 적 TV에서 방영한 톰소여의 모험은 정말 최고였어. 말썽꾸러기 톰은 늘 미시시피 강변이 한눈에 보이는 높은 언덕에 누워 푸른 하늘 안에서 흘러가는 구름을 보며 엉뚱한 상상을 했지. 그때 '켄터키의 옛집'***이란 하모니카 연주곡이 흘러나오는데, 그 장면은 20여년이 지난 지금도 내 머리 속에서 지워지질 않아. 난 가끔 생각해. 과거의 내 모습이 가끔 회상되는 것은 미래를 살아가는 내가 지금 이 순간을 먼 훗날에도 기억하고 싶기 때문이라고."

"유치해. 아저씨는 생각하는 수준이 뭐 그래요."

"뭐가 유치해. 얼마나 좋아. 또는 가끔은 뒤에서 구경하는 방관자가 되고 싶어."

"방관자요? 무슨 뜻이에요?"

"그냥 뒤에서 지켜보는 거. 예를 들면 챙이 둥근 커다란 밀짚모자를 쓰고, 느림보처럼 어슬렁어슬렁 거리며 상상을 하는 거야. 내가 정말로 원하는 걸. 그러면서 방관하는 거지. 마치 높은 산 정상에서 낮은 곳에 위치한 사람들을 바라보는 것처럼."

*** 켄터키의 옛집: 미국의 켄터키 주, 가곡

켄터키의 옛집: 미국의 켄터키 주, 가곡

켄터키 옛집에 햇빛 비치어

여름날 검둥이 시절

저 새는 긴 날을 노래 부를 때, 옥수수는 벌써 익었다….

마루를 구르며 노는 어린 것

세상을 모르고 노나

어려운 시절이 닥쳐오리니

잘 쉬여라. 켄터키 옛집

잘 쉬어라. 쉬어 울지 말고 쉬어.

그리운 저 켄터키 옛집 위하여

머나먼 집 노래를 부르네.

"무슨 의미로 말하는 것인지 하나도 모르겠어요."

"음~ 그럼 이건 어때. 어느 날 나는 깊이 잠들어 버렸어. 근데 갑자기 하늘에서 벼락이 치고, 장대비가 내리는 거야. 그 소리에 잠에서 깨어 버린 거지. 난 하품을 하면서 무심결에 창문을 열었는데, 거리를 지나가는 사람들이 흠뻑 비를 맞으면서 이리저리 뛰어가는 거야. 그러면 나는 행복하다는 생각이 드는 거지. 그리고 비 맞는 사람들을 바라보며 웃어버리는 거야. 또 남의 불행을 즐거워하면서 감상하는 거지. 개구쟁이처럼. 그리고 웃으면서 방관자가 되는 거야."

"아저씨는 심보가 너무 못 됐어. 남의 불행을 즐거워하고. 수준 떨어지게. 그럼 아저씨는 왜 방관자가 되고 싶은 거예요?"

"방관한다는 것이 꼭 나쁜 의미는 아니라고 생각해. 우리 주위에는 마음이 아픈 사람들이 많아. 그들이 스스로의 힘으로 아픔을 치유할 때까지 무관심한 척 지켜보는 것도 나쁘지는 않다는 거야. 그렇다고 해서 그 사람에게 관심이 없는 것은 아니야. 항상 뒤에서 지켜볼 뿐이지. 나는 방관자라고 표현했지만 결코 방관자는 아닐지도 몰라. 그냥 조금 높은 곳에서 느긋하게 옥수수밭을 바라보는 걸 거야."

"그래도 잘 이해가 안 되는데요?"

"그럼 예를 들어서 나의 팔이 다쳤다고 가정해 볼게. 나는 길을 지나치다가 오랜만에 반가운 친구를 우연히 만났어. 우리는 반가운 마음에 서로의 안부와 일상생활을 묻기도 하고 안녕을 기원하겠지. 근데 이야기 도중, 친구가 반가운 마음에 나의 아픈 팔을 툭 하고 친 거야.

나는 아프다고 비명을 지르겠지. 그렇지만 이 친구는 나의 팔이 아픈지 안 아픈지 알 리가 없잖아. 그냥 반가운 마음으로 나의 팔을 툭 하고 친 것뿐이야. 내가 살아가면서 자존심의 상처가 없다면 누군가 나에게 어떤 말을 해도 나는 씩 웃으면서 '그러냐.'라고 말하면서 무심히 지나쳐 버리겠지. 마치 나의 삶을 방관하는 것처럼. 하지만 내게 자존심의 상처가 있다면, 나는 상대방에게 화를 낼 지도 몰라. 나는 가끔 생각해. 많이 힘들어 하는 녀석에게 '너는 왜 그렇게 사니.'라고 말하기보다 같이 소주나 한잔 마셔주는 거야. 그러면서 그 녀석의 말을 묵묵히 들어주는 거지. 어쩌면 나의 이런 행동이 오히려 상대에게 용기를 주는 행동이라고 생각을 해."

그녀가 나의 얼굴을 뚫어지게 바라보고 있다.

그녀의 따뜻한 눈길, 미소가 나의 영혼을 따뜻하게 안아주고 있었다.

나는 계속해서 밝은 표정으로 말을 이어갔다.

"요정아! 나는 너의 방관자가 될 거야. 어때 멋지지 않아?"

그녀는 나의 말을 묵묵히 들어주는 사랑스런 방관자가 되었다.

그녀의 눈망울에는 이슬 같은 작은 알맹이들이 흡수되는 듯했으며, 그녀의 멍한 표정을 보니 갑자기 장난을 치고 싶다는 생각이 들었다.

"만두가 잘 익었나."라고 말하며, 나는 그녀의 양쪽 가슴을 두 손으로 덥석 잡았다.

~퍽~

난 비명을 질렀다.

"아저씨. 나 아무래도 아저씨에 대해 다시 생각해 봐야겠어요."

"뭘?"

"아저씨한테 시집가는 거요."

"왜?"

"아저씨같이 수준 떨어지는 사람한테 시집가면 고생할 것 같아요. 내가 다 큰 애기를 데리고 살아야 할 것 같다니까."

"이~씨~!"

* * *

겨울이 길어지는 이유는 사람들 마음속에 차가운 기운이 오랫동안 남아있어 봄이 찾아오는 것을 더디게 만드는 것은 아닐까?

감정이 격해지고 조급해지다 보면 봄의 기운이 그만큼 멀어지는 것 같다.

살아가면서 따뜻한 온정을 베풀다 보면, 그 온정이 돌고 돌아 내게 다시 돌아오는 것은 아닐까?

그러다 보면 봄의 기운이 내게도 당신에게도 또 다른 타인에게도 전염병처럼 퍼져 나가겠지라고 생각해 본다.

이번 주에도 어김없이 춘천엘 갔다.

우리는 주말이면 춘천역 근처에 위치한 찻집 민들레에서 항상 만났다.

나는 그녀와 교제해온 시기부터 잘 보이고 싶은 마음에 상당히 건전한 생활을 하고 있다.

주 3~4일 정도 술을 마셨는데, 술 마시는 횟수를 확 줄였고, 담배도 끊었다.

요즘은 피부미용에 많은 신경쓰고 있다.

머드팩, 각질제거도 하고, 수분 영양제도 바르고, 오이 마사지도 자주 했다.

환해져 가는 내 모습에 그녀는 뿌듯해 하며 기뻐했다.

운동 또한 소홀히 하지 않았다.

가죽 샌드백을 구입하여 학교 운동장 축구 골대에 매달아 놓고는 밤마다 킥복싱 연습을 했다.

철없던 시기, 한때는 프로 격투기 선수가 꿈인 적도 있었다.

그때는 강해지고 싶었던 것 같다.

우리는 한정된 시간 속에서 만날 수밖에 없었다.

그녀의 어머니께서 되도록 귀가시간을 지켜 주었으면 한다고 내게 당부하셨기 때문이다.

어떤 때에는 그녀가 아예 휴대폰의 전원을 꺼놓기도 했다.

나는 상심하고 계실 그녀의 어머니를 생각해서 자정이 넘기 전에는 반드시 그녀를 집으로 데려다 주었고, 그녀의 편에 미래의 장모님께 뇌물(선물)을 제공하기도 했다.

그녀는 늘 부모님께 고마운 마음을 지니고 있었지만, 가끔씩 심통을 부린다.

이번 주에는 우리에게 특별한 일이 있었다.

드디어 커플 반지를 맞춘 것이다.

나의 반지에는 늑대의 형상을 세공하여 넣었고, 그녀의 반지에는 별 문양을 세공해 넣었다.

늑대와 별, 잘 어울리는 느낌이다.

늑대는 별을 바라보며 포효했다.

장소가 어디든 나는 그녀 곁에 있다는 것만으로도 행복했다.

흘러간 시간을 돌이켜 생각해 보면, 마음의 동요란 흔들리는 그네처럼 이러지도 저러지도 못하는 것이기도 하지만, 언제나 흔들리는 마음의 중심에는 그녀를 그리워하는 맑은 상념뿐이었다.

또한 이런 지극한 마음을 그녀는 알 것이다.

나는 차분한 마음으로 나의 여인을 기다리고, 또 기다릴 것이라고 몇 번을 다짐해 보았다.

제5장
다시 찾은 북삼리
(episode)

우리가 다시 북삼리를 찾은 것은 1년이 지난 8월 말이었다.

무더위가 한풀 꺾기기는 했지만, 낮에는 여전히 무더위가 맹위를 떨친다.

말복 아저씨와 안성댁 아줌마도 여전히 변함없는 모습이다.

"영복이 니 색시가? 자슥 재주도 좋네. 참말로 곱다."

안성댁 아줌마가 요정이를 보고서 처음 한 말이다.

우리는 말복 아저씨 집에서 저녁 식사를 마친 다음, 1년 전 우리가 처음 마주쳤던 북삼교 아래 여울이 있는 강으로 이동했다. 나란히 강 여울가에 앉아 두 팔을 턱을 괴고, 하루 중에서 가장 아름다운 풍경이 너무도 빨리 사라져가는 모습을 보았다.

또 이제 막 나타나기 시작하는 하늘 속 푸른 옥수수밭에 우리 두 사람의 소망을 그렸다.

더욱 힘차게 더 높은 곳으로 무럭무럭 자라나고 있는 옥수수를 우리는 한동안 말없이 바라만 보고 있었던 것이다.

또 다른 우리의 모습도 언제나 저 하늘 속에 있었다.

우리는 일주일 동안 두철이네 별장에 머무르면서 일상을 보냈다.

두철이네 별장은 참으로 소박하고 정이 가는 곳이다.

1년 전, 별장을 수리하기 위해 왔다가 그녀와 인연이 되었기 때문에 이곳의 의미는 나에게 더욱 각별했다.

언덕 중턱에 위치해 있어 전망이 좋고, 집 주위엔 나무가 심어져 있어 한낮에도 그리 덥지 않았다.

우리는 한낮엔 외부 활동을 삼가했다.

최근 기상 관측 이래 가장 무더운 날씨가 지속되었기 때문이다.

여유로운 우리는 정원 평상 나무그늘에 앉아 민화투를 치기도 했고, 태양의 열기가 수그러들 쯤, 종이를 접어 딱지치기도 했다.

1장당 5천원짜리 딱지다.

처음에는 일부러 좀 봐주면서 잃어 주었다.

그랬더니 그녀는 좋다고 팔짝팔짝 뛰면서 신나 했다.

10장씩 갖고 시작했는데, 이제 내가 2장밖에 남지 않았으니 4만원을 잃은 셈이다.

이제부터는 봐주지 않겠다고 그녀에게 말했다.

그러더니 그녀가 세상에서 가장 건방진 표정과 으시대는 표정으로 짝다릴 짚고, 다리를 흔들면서 말했다.

"치~ 아저씨. 봐주지 말고 제대로 해봐."

"좋아. 이제부터는 안 봐준다."

난 어릴 적, 동네 딱지치기 왕이었다.

순식간에 내가 잃었던 8장의 딱지를 만회했고 그녀의 딱지마저 모두 따버렸다. 그녀에게 5만원을 달라고 말했더니 5만원을 주기는커녕, 무슨 남자가 센스가 없다는 둥 여자의 기분을 맞출 줄 모른다는 둥 투덜거리면서 나를 발로 차기 시작했다.

다음날에는 차를 몰고 나가 5일장을 구경했다.

연천군 읍내에서 장이 서는데, 물건을 팔고자 하는 사람도 많았고, 사고자 하는 사람도 많았다. 우리는 손을 잡고 다녔다. 꼭 신혼부부가 된 기분이었다.

점심 때쯤 나왔는데 햇살이 많이 뜨거웠다. 그녀가 머리핀이 필요하다고 해서 머리핀을 파는 좌판을 찾아갔다. 눈치 빠른 아줌마가 우리에게 젊은 연인이 금슬이 너무 좋아 보인다고 말하며 빨리 결혼하라고 말했다. 그녀는 1개만 사려고 했는데, 내가 우겨 5개를 샀다. 장사를 할 줄 아는 아줌마다. 빈말인지 진심인지 모르겠지만 아무튼 난 기분이 좋아서 '헤~' 하는 표정이 되었다.

그녀가 내게 장사 속으로 하는 말을 믿는 바보라고 핀잔을 주었지만, 그래도 난 기분이 좋았다.

맛 집을 찾아보았다.

하지만 이런 시골장터에서 서울깍쟁이의 입맛에 맞는 식당을 찾는 것은 불가능하다.

한참을 구경하던 우리는 맷돌로 직접 콩을 갈아서 콩국수를 파는 집을 발견했다.

이런 시골에서는 콩국수가 별미다.

직접 갈은 콩 국물에 얼음을 넣고, 약간의 소금 간을 한 후에 국수와 함께 먹으면 "바로 이 맛이야." 하는 탄성이 나온다.

장에서 돌아오는 길에 정육점에 들러 고기를 샀고, 생선도 샀다. 말복 아저씨께서 좋아하시는 막걸리가 빠질 수 없다.

한여름에도 밭일을 많이 하시는 아줌마의 얼굴에는 검버섯이 피어 있었다. 그래서 아줌마께 드릴 선크림과 기초화장품을 샀다.

말복 아저씨 집에 도착해보니 부부가 밭일을 하고 있었다.

우리도 합세하여 거들었다.

그녀와 나는 밀짚모자를 쓰고 서툰 농부가 되어, 말복 아저씨네 들깨와 고추 밭에 농약을 주기도 했고, 수확하기도 했다.

오랜만에 해보는 농사체험은 생각보다 힘들기도 했지만, 재미도 있었다.

저녁엔 말복 아저씨 부부와 함께 술을 마셨다.

흥을 돋우는 데는 노래가 빠질 수 없다.

막걸리를 몇 잔 마셔서, 불그스름한 얼굴로 변한 그녀와 나는 함께 노래를 불렀다.

　　내가 살아가는 동안에 할 일이 또 하나 있지.

　　바람 부는 벌판에

　　(중략)

어두운 곳에 손을 내밀어 밝혀 주리라.

해바라기 - 사랑으로 중에서

다음 날에는 인근에 위치한 군부대 전망대를 찾아갔다.

망원경을 통해 북한 땅을 바라보았다.

동서를 따라 흐르는 임진강 물줄기를 사이에 두고, 남북한이 갈라서 있다.

DMZ의 들판은 너무도 고요하고 신비로운 모습이다.

들판 위에 소목이 자라고, 아지랑이 같은 안개가 피어 오르며, 하늘엔 아름다운 까마귀 떼가 우아하게 비행하고 있었다.

"아저씨. 우리는 평생 동안 함께 할 소중한 친구지요?"

"그럼."

그녀의 말 중에 '우리는 평생 동안 함께할 소중한 친구'라는 말이 맘에 와 닿는다.

"전 아저씨가 너무 좋아요. 우리는 세상에서 가장 친한 친구니까. 아저씨, 전 요즘 아저씨 생각을 많이 해요. 이제 아저씨가 매일매일 보고 싶어졌어요. 근데 가끔 아저씨의 얼굴이 잘 떠오르지 않을 때가 있어요. 전 정말 아저씨 많이 좋아하는데. 아저씨 처음 우리가 사귈 때, 나를 데리고 멀리 도망가고 싶다고 했죠? 그 말 정말이에요?"

"그럼."

"치~ 또 거짓말하는 거죠. 아저씨 말은 믿을 수 없어요. 입만 열었다 하면 전부 거짓말이야. 거짓말을 하려면 티 안 나게 하던가."

나는 그냥 가볍게 웃었다.

사람이 사람을 좋아하고 정을 느껴간다는 건, 꿈을 만드는 과정이다. 마치 아무것도 없는 벌판에 집을 짓고, 길을 만들고, 사람을 끌어모아 하나의 마을을 세우는 일일 것이다.

다만 그 과정에서 번민이나 갈등도 있을 수 있지만, 꿈을 만들어가고 믿음을 만들어 가는 것은 우리 두 사람의 몫이다. 또 우리가 함께 여행을 다니는 목적은 과거의 좋은 기억을 끄집어내 상대방과 나의 좋은 추억을 같이 공감하고 기억해 주는 거라고 생각했다.

내 옆에서 그녀는 가만히 침묵 속에서 미소를 보이고 있었다.

＊ ＊ ＊

8월이 지나면, 시골의 저녁은 매우 추워진다.

우리 두 사람은 긴 추리닝 위에 점퍼를 하나씩 더 껴입었다.

밤하늘에는 별들이 정원에 핀 꽃들처럼 가득했다.

우리는 평상에 나란히 누워 하늘의 고유한 움직임을 관찰하고 있었다.

나는 하늘 속 바다를 항해하는 배의 선장이 되었다.

선원은 내 옆에 나란히 누워 있는 그녀 한 명뿐이었다.

저녁이 깊어갈수록 우리의 배는 먼 바다까지 항해했다. 하늘 속의 수많은 섬들을 발견해 간 것이다. 사물 안에 자리 잡은 고유한 본능처럼 수많은 섬들이 우주의 질서를 차분히 따르고 있었다. 그녀와 나의 시선 속에 들어오는 수많은 밤의 사물과 자연의 소리도 우주의 일부분이다. 세상에 존재하는 모든 사물과 생물이 고유한 본능과 질서에 따라 움직이는 것처럼, 그녀와 나도 살아가는 동안 그 본능과 질서 안에 자리 잡은 신념을 결코 놓지 않고 살겠다는 다짐을 했다.

그 신념은 바로 사랑이다.

우리는 잠시 서로에게 고개를 돌려 눈빛을 교환했고, 선장의 힘찬 외침 속에 배는 사랑이라는 섬을 찾아 계속 항해해 갔다.

* * *

"요정아! 다시 태어난다면 사람으로 태어나고 싶니?"

"아저씨는요?"

"사람으로 다시 태어나고 싶은데, 사람으로 태어나지 못한다면 난 늑대로 태어나고 싶어."

그녀의 표정은 '어~유! 이 인간 또 이상한 생각 한다' 하는 표정이 되며, 왜 늑대로 태어나고 싶은지 내게 질문 했다.

나의 어린 시절, 나이 많으신 사촌 형님께서 들려주신 이야기이다. 실제 이 이야기가 사실인지, 과장된 전설인지는 나도 모른다.

지금으로부터 100년도 훨씬 넘은 북유럽, 스웨덴과 노르웨이의 국경을 이루는 스칸디나비아 산맥은 서쪽에서 북동쪽으로 길게 뻗어있다.

그 숲에는 회색 늑대 가족이 살고 있다.

늑대 부부는 조상들이 그랬던 것처럼 새끼들에게 자유의 소중함을 일깨우며, 자신들의 고향인 숲을 질주하며 살고 있었다.

그러던 어느 날, 사람들이 더 많은 경제적 이익을 얻기 위해 늑대의 영역까지 침범했다.

이제 초원과 숲은 사람들이 방목하여 기르는 양과 염소의 영역이 되어버렸다.

사람들이 침입한 초원과 숲은 자연의 질서가 파괴되었고, 야생의 초식동물들은 떠나버렸다.

사냥터가 줄어든 늑대 가족은 충분한 먹이를 확보할 수 없었다.

늑대 부부는 자신들의 굶주림은 참을 수 있었지만, 한참 성장해야 할 새끼들의 굶주림은 참을 수 없는 고통이 되었다.

어쩔 수 없이, 늑대 부부는 새끼들을 먹이기 위해 사람들이 기르는 양과 염소를 공격했고, 이전처럼 새끼들을 배불리 먹일 수 있었다.

그동안의 굶주림으로 야위었던 새끼들은 늑대부부의 헌신적인 보살핌으로 다시 무럭무럭 성장할 수 있게 된 것이다.

농장의 주인이자, 귀족인 남자는 사상가이자 시인이다.

그는 가축 피해가 점점 커지자 늑대를 사냥하기로 결심했다.

어스름한 저녁이 찾아올 무렵, 남자는 사냥꾼 3명과 함께 늑대 가족을 추격해 갔다.

늑대가족은 숲으로 더 깊숙한 숲으로 도망쳐 갔지만, 어린 새끼들과 도망치기엔 한계가 있었다.

이제 늑대 부부는 선택을 해야 했다.

이대로 위험을 무릅쓰고 새끼들과 함께 도주를 할 것인지, 아니면 추격자들과 싸울 것인지.

부부 늑대는 서로 눈빛을 교환했다.

아비 늑대의 눈빛에는 확신과 신념이 차 있었다.

어미 늑대도 아비 늑대의 눈빛을 신뢰했다.

어미 늑대는 새끼들을 데리고 계속해서 숲 속 깊숙한 곳으로 도주했고, 아비 늑대는 바위틈에서 사냥꾼을 기다리고 있었다.

아비 늑대는 결코 죽음을 두려워하지 않았다.

가족의 안녕을 위해….

아비 늑대는 가족들의 도주시간을 벌어주기 위해 사냥꾼과 대적하기로 결심했다.

바위틈에 매복해 있던 아비 늑대는 추격해 오는 사냥꾼들에게 치명적인 일격을 가하기 위해 잔뜩 웅크리고 있다가 도약하여 총을 든 사냥꾼의 목을 물어뜯었다.

급소를 공격 당한 한 명의 사냥꾼은 그대로 쓰러졌다.

뒤따라 오던 사냥꾼 2명과 농장주인이자 귀족인 남자는 공격 당한 사냥꾼을 구해내기 위해 아비 늑대 몸통에 칼을 꽂았다.

아비 늑대는 혓바닥이 타들어가는 듯한 갈증과 살이 찢기는 고통 속에서도 사냥꾼의 목덜미를 끝까지 놓지 않았다.

아비 늑대의 몸통에는 계속해서 비수가 꽂혔으며, 온몸의 살가죽이 찢겨지는 고통 속에서도 눈동자는 오직 가족들이 도주한 방향을 향하고 있었다.

그리곤 가족들이 무사히 도주한 모습을 확인하고는 평온한 눈빛을 보이며 숨을 거두고 말았다.

아비 늑대는 비겁한 삶을 택하지 않고, 가족을 위해 위대한 죽음을 택했다.

죽은 아비 늑대의 눈빛은 확신에 차 있었다.

내가 죽어 가족들을 살릴 수만 있다면, 언제나 같은 선택을 할 것이라는 굳은 의지가….

이 위대한 동물의 죽음을 목격한 농장주인은 깊이 생각했다.

가족의 안녕을 위해 자신의 목숨을 기꺼이 버리는 아비 늑대의 심정을….

그 후로는 농장 주인이자 사상가인 귀족은 더 이상은 늑대 사냥을 하지 않았다.

그는 하인들에게 지시했다.

앞으로 가축을 피해가 아무리 많이 발생해도 늑대 사냥을 하지 말라고….

아비 늑대는 죽었지만, 어미 늑대와 새끼들은 자신의 조상들이 그랬던 것처럼 자유롭게 초원을 질주할 수 있었다.

수컷 늑대는 평생 한 마리의 암컷과 살아가는데, 만약 암컷 늑대가 죽게 되면, 드문 경우지만 슬픔을 이기지 못해 암컷 늑대를 따라 죽는 습성이 있다고 말해 주었다.

내 얘기를 모두 듣고 난 후, 그녀가 말했다.

만약 아저씨가 아비 늑대로 태어난다면, 자신은 어미 늑대로 태어나 겠다고.

내가 "후회하지 않을 자신이 있냐?" 질문했을 때, 그녀가 말했다.

"아저씨와 함께 있으면, 아저씨가 날 목숨 걸고 지켜줄 거잖아요."

"뭐야. 그럼 나 혼자만 죽으라고. 부부는 일심동체인데. 같이 죽어 야지."

"뭐야! 아저씨! 그런 경우가 어디 있어! 치~ 치사해. 아저씨가 목숨 걸고 가족을 지켜준다매!"

"그건 늑대 이야기지! 내 얘기가 아니잖아!"

제6장

찾아온 불행

(episode)

1년 전, 교제할 당시 가끔 가벼운 어지러움이 있거나 감기에 잘 걸리기는 했지만, 그녀의 건강엔 큰 문제가 없었다.

연말 크리스마스가 며칠 남지 않은 어느 날, 요정에게 갑자기 허리 통증이 찾아왔다. 대수롭지 않게 생각한 그녀는 동네 정형외과에서 진찰을 받았지만 별다른 증상을 찾지 못했다. 최근 피로가 누적되어 일시적으로 허리에 통증이 발생한 것 같다는 진료소견을 들었다. 진통제 처방과 물리치료를 꾸준히 받아왔지만 통증의 개선은 없었다. 며칠을 진통제로 버티던 그녀는 몸에 힘이 들어가지 않고, 전신에 피로감으로 자꾸 눈이 감기는 증상이 나타났다고 한다. 허리의 통증 때문에 도저히 잠을 이룰 수 없었던 어느 날, 힘들어하는 딸의 모습을 지켜보시던 부모님이 그녀를 데리고 춘천의 한 대학병원 응급실에서 종합검사를 받게 했다. 검사결과 혈소판의 백혈구 수치가 정상인보다 한참이나 적은 수치라고 말하면서, 정밀검진을 받으려면 입원을 해야 한다고 했다. 입원 후, 정밀 혈액검사 결과.

급성 골수성 백혈병.

그녀에게 갑자기 찾아온 병명이다.

그녀는 당장 서울 여의도의 한 종합병원에 입원하게 되었다. 백혈병은 불량한 백혈구가 어떤 이유에 의해 골수에서 다량으로 만들어져 발생하는 일종의 혈액 암이라고 한다. 골수에서는 적혈구와 혈소판도 만드는데, 불량한 백혈구가 대량으로 만들어지면, 적혈구와 혈소판을 제대로 만들어내지 못한다. 백혈병의 증세는 병이 상당 기간 진행되기까지 아무 증세가 없다가 갑자기 여러 가지 증세로 겹쳐 나타나는 병이라는 것이다. 그녀에게도 거의 자각증상 없이 피로감을 느끼는 정도였으나 병이 진행되면서 자각증상이 갑자기 나타났다.

늦은 저녁 전화벨이 울렸다.

"여보세요."

"아저씨."

그녀의 다음 할 말을 기다리며, 나는 아무런 말도 하지 않았다.

나의 침묵에 답답해 하던 그녀가 먼저 말을 했다.

"아저씨, 왜 말이 없어요?"

"그냥. 요정이가 무슨 말을 하고 싶어 하는 것 같아서…."

"아저씨 밥은 먹었어요?"

"응, 요정이는?"

"저도 먹었어요. 아저씨, 오늘 기분이 별로에요?"

"아니. 좀 진지해 보이면 멋있게 보일까 하는 생각이 들어서."

"하나도 안 멋있어요. 아저씨. 근데 노래 불러줄 수 있어요?"

"그럼. 불러줄 수 있지."

믿을 수 있나요. 나의 꿈속에서

너는 마법에 빠진 공주란 걸

(중략)

자유롭게 저 하늘을 날아가도 놀라지 말아요.

우리 앞에 펼쳐진 세상이 너무나 소중해 함께라면

The Classic - 마법의 성 중에서

＊ ＊ ＊

병원 휴게실에 서 있었는데, 나를 발견한 그녀의 어머니께서 부르셨다.

어머니 곁에는 한 중년의 남자가 서 계셨다. 짐작컨데, 아버님인 것 같았다. 짐작한 것처럼 어머님께서는 나를 아버지께 소개시키기 위해 부르신 것이다.

나와 부모님은 인근 식당으로 이동했다.

함께 식사를 했지만, 부모님도 나도 먹는 둥 마는 둥 이었다.

역시 콩 심은 데 콩 나고, 팥 심은 데 팥이 난다는 속담은 진실인 것 같다.

그녀의 어머니도 젊었을 땐 미인일 거라고 생각했는데, 아버님께서도 그녀의 어머니와 마찬가지로 막상막하의 인물이셨다.

하긴 요정이의 미모를 생각해 본다면 무리도 아니지 이런 생각이 들었다.

'자녀는 부모의 과거의 모습을 살아간다.'는 말이 있다.

'멋진 부모님 덕분에 요정이가 밝고 착하게 성장했구나.'라고 생각했다.

한편으로는 '장모님을 닮아서 좀 푼수때기인가? 아니야. 23살 나부랭이인데. 당연히 푼수기가 있지.'라는 생각도 했다.

그녀에겐 오빠가 한 명 있는데, 현재 일본에서 유학 중이라고 했다.

처남을 보진 못했지만, 분명 근사한 사람일 것이다.

아버님께 나의 대한 소개를 정식으로 했다.

사는 곳은 서울이며, 나이는 33살, 직업은 회사원, 따님과는 16개월 전, 북삼리에서 우연히 인연이 되어 지금 현재까지 교제한다는 말씀을 드렸고, 따님을 정말 많이 좋아하며, 건전하고 순수한 교제를 해왔다고 말씀드렸다.

이미 어머니께는 몇 번 인사를 드렸지만, 아버님은 오늘이 처음이었다.

다행히 아버님께서는 별다른 말씀 없이 요정이의 좋은 남자친구가 되어 달라는 당부를 하셨다. 인사치레지만 진작에 찾아 뵙고 정식으로 인사를 드렸어야 했는데, 이런 자리에서 인사를 드리게 되어 진심으로 송구스럽다고 말씀드렸다.

시종일관 아버님께서는 온화하고 인자한 표정을 잃지 않으셨지만, 눈빛에서 나타난 슬픔의 흔적만은 감추지 못하셨다.

나는 두 분께 어떤 위로의 말도 드릴 수 없었다.

✳ ✳ ✳

병세가 급박한 그녀의 항암 치료를 위해 무균실 입실이 결정되었다.

머리를 빡빡 민 그녀의 무균실 생활이 시작된 것이다.

반입되는 모든 생활 물품은 소독을 거치고, 환자의 보호자나 가족은 병원에서 정한 시간에만 면회가 가능했다. 환자는 무균 수칙에 따라 조혈모 세포이식 전문 간호사로부터 직접 간호를 받게 되며, 나는 그녀와 면회하기 위해 간호사로부터 가운 테크닉이라는 것을 교육받아야 했다.

무균복을 착용했고, 슬리퍼를 신고, 마스크도 착용했다.

면회시간이 엄격하여 하루 2회, 12시 18시에만 30분씩 면회가 가능했다.

면역수치가 떨어진 그녀는 병균에 무방비 상태로 노출되어 있는 상태였다.

정상인의 백혈구 수치는 1마이크로미터 당 4000~10000이 나오는데, 그녀는 혈액검사 결과 정상인에 턱없이 부족한 500이 나왔다고 한다.

정상적인 골수기능 마비로 심각한 면역기능 저하, 또는 조그만 상처에도 전신이 출혈하기 쉬운 상태가 되었다. 급성 백혈병은 급속도로 병세가 진행이 되기 때문에 일단 백혈병 치료가 시작되면, 각종 검사, 항암제 투여, 방사선 치료 등이 동반된다고 한다. 또 환자에게는 치료 과정이 고통스럽다고 들었다.

그녀는 골수 검사과정에서 엉엉 울었다고 한다.

그녀의 말로는 병원에 있는 사람들은 모두 아저씨처럼 거짓말쟁이라는 것이다. 조금 아플 거라 말해놓고, 커다란 주사 바늘을 허리에 찌르는데 정말 너무 아팠다고 했다.

잠시 그녀의 부모님이 나누는 대화를 옆에서 들을 수 있었다. 도대체 무슨 말인지 하나도 모르겠지만, 확실히 기억할 수 있는 것은 그녀의 골수검사 결과, 치료 과정이 아주 까다롭다고 하는 말을 들었다.

백혈병의 항암 치료방법은 주사기를 통해 그녀의 몸속에 항암제를 지속적으로 투여하는 것이라고 한다. 주사액이 혈액 속에 들어가면 혈류를 따라 전신을 돌아 몸속에 퍼져있는 백혈병 세포를 죽인다는 것이다. 하지만 현대의학에서는 아직까지 암세포만을 골라서 죽일 수 없어, 그녀의 몸에 이로운 세포도 같이 죽기 때문에 여러 가지 부작용이 발생할 수 있다고 한다. 항생제가 지속적으로 투여되었고, 혈소판 수치가 하락하여 지속적인 수혈을 통해 몸 상태를 개선시키면서 치료해야 한다는 말도 들었다.

* * *

그녀의 몸 안에 항암제가 투여된 이후, 신기하게도 뼈의 통증이 사라졌다.

기분도 병을 얻기 전 상태로 돌아왔다고 한다. 식사는 무균식으로 병원에서 제공되며, 모든 반입 물품들은 소독이 된 상태다.

하지만 구토증상으로 인해 식사를 거의 하지 못해, 대신 영양제를 맞고 있었다.

각종 검사와 주사액, 많은 약들이 그녀의 몸 안에 들어왔다.

또, 무균실 생활은 철저한 격리 생활이었다.

병원에서 정한 매뉴얼에 따라 혼자서 생활하며, 어머니는 위급한 상황을 대비해 항상 보호자 휴게실에서 대기하시면서 그녀의 건강상태를 수시로 체크하셨다.

그녀는 무료함을 달래기 위해 십자수를 놓고 있었다.

다행히 그녀의 몸 상태도 걱정한 것만큼, 나빠 보이지는 않았다.

"아저씨, 혹시 저의 대한 걱정으로 잠 못 자는 건 아니에요?"

"아니. 난 코 골면서 잠만 잘 자는데."

심통 난 표정으로 변한 그녀가 새침하게 소리치듯 말했다.

"뭐야! 아저씨! 여자 친구는 아픈데, 아무런 고민도 없고!"

나는 장난을 치기 위해 그녀의 작은 손을 내 코로 가져가 킁킁거리며 냄새를 맡았다. 손에서 소독약 냄새가 났다.

나는 일부러 엄지와 검지 손가락으로 코를 붙잡으며 불쾌한 표정을 지으며 말했다.

"요정아. 니 손에서 똥 냄새 나."

똥 냄새 난다는 말이 사실인지 확인하려고, 그녀는 자신의 손을 코로 가져가 냄새를 맡았다. 그런데 그녀의 얼굴이 붉은 빛으로 변했다. 그리고 순간 그녀의 눈시울이 붉어졌다. 나중에 알게 된 사실이지만 백혈병 환자는 장염으로 인해 설사를 자주 한다고 한다.

하지만 그녀의 손에서 불쾌한 냄새는 전혀 나지 않았다.

나는 평소처럼 장난친 것뿐이다.

그녀의 뻔뻔한 말 또는 표정을 기다렸는데, 기대와는 달리 상심한 표정을 보이자 내 마음속에서 커가는 나무의 잎은 시들해졌다.

문득 병원에 입원해 있던 어떤 젊은 여자가 문병 온 애인에게 자신의 본 모습을 차마 보여줄 수 없어 병실에서 화장을 했다는 우스갯소리가 떠올랐다.

그녀 또한 화장한 여자와 같은 심정일 것이다.

항암 치료 때문인지, 그녀의 얼굴은 달덩이가 되어 있었다.

또 하루 중에서 가장 쓸쓸하고 아름다운 풍경이 그녀 눈 안에 고여 있었다.

그녀 스스로는 부산스럽고 활기가 넘치는 것처럼 보이려 노력했지만, 내면의 중심은 흔들리고 있으며 슬픔은 마음 속 웅덩이 안에 고여 있었다.

나는 슬픔의 향기가 무균실 안에 가득하다는 것을 이제서야 눈치챘다.

그녀는 짧은 면회시간이 다 되갈 무렵, 내게 해 저무는 풍경이 보고 싶다고 말했다.

몇 달 전 우리가 북삼리에서 함께 보았던 그 아름다운 풍경을.

나는 그녀에게 병이 치유되면, 이 세상에서 해 저무는 풍경이 가장 아름다운 곳으로 데려다 주겠다고 약속했다.

✳ ✳ ✳

"요정아, 많이 힘들지. 통증도 많이 느끼고."

그녀는 가족들에겐 어떨지 모르겠지만 적어도 나에겐 병에 관한 얘기나 치료 과정의 고통을 얘기하지 않았다.

항상 밝은 표정으로 나를 맞이해 주었다.

"아니에요, 아저씨. 항암주사 맞을 때 속이 울렁거리고 좀 아픈데, 그 외는 별로 아픈 데 없어요. 근데 좀 많이 무료해요. 그래서 요즘 십자수 놓고 있어요. 예쁘죠? 아저씨가 좋아하는 음흉한 늑대를 수놓고 있어요."

그녀는 자신이 만들고 있는 십자수를 내게 보여주며 자랑했다.

"응. 정말 예쁜데."

"그죠. 음~ 음흉하고 야비하게 생긴 늑대는 아저씨구요. 옆에 귀엽고 예쁜 늑대는 저예요. 한 쌍의 늑대는 절벽 위에서 달을 바라보며 포효를 하고 있어요. 우~ 우 하면서. 완성되면 아저씨 선물로 줄게요."

너무도 얄미운 표정으로 천진난만하게 즐거워하는 그녀의 모습과 혹시라도 내가 상심하게 될 까봐 애써 밝은 표정으로 말하는 것 같은 모습, 두 명의 모습이 내 눈에 비춰졌다.

그래서인지, 나의 눈시울이 조금 붉어졌다.

그러자 그녀가 이때다 싶었는지 날 놀리기 시작했다.

"울보래요. 울보래요." 하면서.

난 억울하다는 표정으로 "내가 언제 울었어!"라고 그녀에게 소리쳤다.

진짜 난 울지 않았다.

그녀의 놀림에 난 약올랐다.

평소보다 더 씩씩거리며 그녀를 구박했지만, 내 마음속의 작은 나무는 그녀를 더욱더 소중히 여기게 되었다.

"음흉하고 야비하게 생긴 늑대는 나고, 귀엽고 예쁜 늑대는 너라구? 흥! 논다!"

"안 울었어! 이 웬수 덩어리야! "

"일루와. 넌 내 손에 죽었다. 아프다고 봐줄 거라고 생각하면, 너의 오판이다."

나는 나부랭이라는 둥, 쪼가리라는 둥, 불량한 단어를 사용하면서 그녀를 구박했지만, 다행히도 그녀는 평소의 뻔뻔한 표정을 짓고 있었다.

그녀는 나의 씩씩거리는 모습을 보면서 깔깔거리며 웃었다.

나는 갑자기 그녀를 으스러지게 안고 싶은 충동이 들었다.

깊은 키스도 하고 싶었다.

하지만 그럴 수는 없었다.

그녀의 면역기능이 고장 나 있기 때문이다.

이럴 줄 알았으면, 그녀가 아프기 전에 싫증이 나도록 실컷 해둘 걸 하는 후회가 밀려왔다.

문득 그녀만 건강해질 수만 있다면, 나는 그녀를 위해 어떤 일이든 다 할 수 있다는 생각이 들었다.

＊ ＊ ＊

2000년을 알리는 보신각 타종이 다가온 시각이었다.

종말론이 나돌았는데, 어이없게도 믿는 사람들이 있었다.

나는 제일 먼저 큰형님과 형수님께 안부전화를 드렸다.

두 분은 부모님을 대신한 가장 고마운 내 가족이다.

또 형님과 형수님께서는 늘 내 걱정을 하시기 때문에 그 누구보다도 먼저 안부를 전하고 새해 인사를 나누는 것이 도리라고 생각했다. 형님 부부와 통화를 끝마친 후, 친구 몇 명과 통화를 했다.

그 후에 그녀에게 전화를 걸었다.

자정에서 40분 지난 시간에 통화를 했는데, 그녀의 목소리가 조금

쌀쌀 맞았다.

나도 아주 눈치가 없는 사람은 아니다.

당연히 기다리는 사람 입장에서는 화가 나는 것이다.

"흥, 이 멍충아!"

새천년을 알리는 새해 첫날부터 나는 그녀에게 첫인사가 아닌 '멍충아' 소릴 들었다.

난 그녀의 새침한 말에 같이 '으르렁' 거리지 않고 대신 부드러운 목소리로 그녀에게 사랑한다는 말을 했다.

처음이었다.

누군가에게 사랑한다는 말을 처음 한 것이다.

그녀는 나의 고백을 듣고서 잠시 동안 아무런 말도 하지 않았다.

그녀와 휴대폰 통화를 끝낸 후 나는 추리닝을 입고 장갑과 귀마개를 착용한 후에 근처 고수부지로 향했다. 성산대교 아래 강변의 조깅 코스를 따라 여의도, 한강대교, 반포대교를 기점으로 다시 성산대교로 되돌아 오는 코스다. 왕복 20km 정도 되는 거리인데, 2시간 정도 소요될 것으로 예상한다.

달리는 순간부터 다시 되돌아 올 때까지 나와 마주친 사람은 단 한 명도 없었다.

가끔 시동이 꺼지지 않은 채, 주차되어 있는 차량은 몇 대 보였다.

부럽다.

하긴 새해 첫날, 새벽 1시를 넘긴 시간에 달리기하는 미친놈이 있겠는가?

아무도 없는 텅 빈 공간이 전부 나의 소유이다.

어둠도 그리움도 모두 나 혼자 소유해 버린 것이다.

문득 어린 왕자가 어느 소행성을 여행하던 중, 하늘 속의 별들을 장부에 기재하면서 장부에 적힌 모든 별들이 자신의 소유라고 주장하는 상인이 생각났다.

누구나 공간을 공유할 수 있지만, 소유하지는 못한다.

달리던 도중 누군가와 마주친다면, 그 사람과 공간을 공유하고 나누면 되는 것이다.

또 누군가와 마주치면 나눈 공간을 다시 나누면 되는 것이다.

그녀가 입원해 있는 여의도의 병원 건물이 보였다. 조깅 코스에서 멀리 떨어져 있는데 달리기를 멈추고 병원 건물을 한참 동안 바라보았다.

삶 속에서 왜곡될 수 있는 것들이 왜 이리도 많은 걸까?

나약한 마음은 시간도 공간도 왜곡된 느낌을 만들었다.

또한 현재 내 삶 속에서 가장 왜곡된 모습은 그녀에 대한 나의 믿음일 것이다.

그녀가 다시 예전처럼 건강한 모습으로 내게 나타나 '이 바보 멍청아!'라고 말하길 믿고 또 믿어본다.

반환점인 반포대교를 돌아 다시 성산대교 방향으로 달리기 시작하면서 땀이 많이 나기 시작했다.

추운 강바람을 맞으면서도 나는 전혀 지치거나 힘들지 않았다.

하늘에는 오리온 별자리가 선명하게 보였고, 달리는 동안 희망과 걱정은 내 마음속에서 공존하고 있었다.

약속

떠나는 마음이나

기다리는 마음이나

아픈 마음은 같다.

그대

떠나간 그 자리에 서서

주위를 서성이다 보면

혹시 다시 되돌아올까?

애타는 마음으로

밤 그림자 누워있는 땅을

고개 숙여 바라보며

기다리고 또 기다려 보지만

기다리는 사람은 오지 않고

하염없이 눈만 내린다.

계속해서 내리는 눈 덮인 길

새하얀 눈 위에 새겨진

지나간 발자국이

행여 그대의 뒷모습으로

여겨지는 것은

지울 수 없는 추억이

내리는 눈에 묻혀버릴까 하는

걱정 때문이라고.

＊　＊　＊

"아저씨. 아름다운 풍경이 쓸쓸해 보이는 것은 그리운 누군가와 함께하고 싶기 때문이라고 했나요?"

나는 고갤 끄덕였다.

"하여간 아저씬 말도 잘 지어낸다니까. 저도 아저씨처럼 우주 어느 공간에서 살아가고 있을 또 다른 제 모습을 상상해 봤는데요. 아저씨 같은 바보 옆에 있으면 생각이 바보 같아지나 봐요. 요즘 저는 아저씨처럼 바보가 되어가는 기분이에요. 근데 제가 바보가 되어 가는데, 기분이 나쁘지 않고 오히려 막 좋아질려구 해요. 얼마 전 비가 왔잖아요. 창문을 두드리는 빗소리가 좋고, 바람소리가 좋고, 곧 다가올 봄의 기운을 상상하며 나무에 싹이 피어나는 모습을 머릿속으로 그려봤어요. 처음에는 머릿속에 그려지지 않았는데 자꾸 연습하니까 나도 모르는 사이에 그려지더라구요. 저도 아저씨처럼 사물을 관찰하는 이상한 버릇이 생겼나 봐요. 아무튼 아저씨처럼 상상하는 연습을 하는 것도 나쁘지 않다고 생각했어요."

나는 아무런 말도 하지 않고, 그녀의 말을 계속 듣고만 있었다.

난 진지함에 익숙하지 않다.

늘 장난치고 농담하는 것을 좋아한다.

하지만 오늘만큼은 진지해 보이고 싶었다.

대신 그녀가 평소보다, 많은 말을 하고 있다.

그녀는 치료 과정의 통증을 숨기고 내면의 슬픔을 감춘 채, 기쁜 마음으로 나를 바라보고 있는 듯했다.

난 이날 면회시간 동안 거의 말하지 않고 묵묵히 그녀의 말을 듣고 있었다.

"아저씨, 전 괜찮아요. 많이 아프지 않아요. 아저씨가 저 때문에 슬퍼하거나 우울하지 않았으면 좋겠어요. 아저씨는 약간 건방을 떨면서, 거짓말하는 모습이 더 보기 좋아요. 변태아저씨, 요즘은 야한 상상 안 해요? 왜 아무 말도 안 해요. 지조가 물레방아인 아저씨. 왜 나한테 편지 안 써주는 건가요? 애정이 식었어. 아저씨. 아프니까 청춘이라는 말도 있잖아. 난 청춘이니까 아픈 거야."

그녀가 내게 한 말들이다.

'지조가 물레방아'라는 말은 내가 그녀에게 자주 사용했던 말인데, 요즘은 그녀가 더 나에게 많이 사용한다.

그 외에도 요즘 유행하는 노래와 화제가 되는 영화 얘기를 우리는 나누었다.

　내일은 무료한 그녀의 위해 노트북을 선물해야겠다.

　병원을 나와서 난 집으로 귀가하지 않았다. 자정을 넘겼지만 돌아가서 휴식을 취할 집이 없었다.

　저녁의 어둠이 좋아지는 이유는 무얼까?

　어둠 안에 있으면, 엉엉 소리 내어 울어도 창피하지 않을 것 같다.

　어둠이 초라한 내 모습을 감싸주는 듯한 착각.

　어둠 속에 있는 나는 밝은 곳의 사람들을 볼 수 있지만, 밝은 곳에 있는 사람들은 어둠 속에 파묻힌 내 모습을 발견할 수 없다는 안도감.

　마치 내 모습을 감싸주는 듯한 아름다운 착각이 들었다.

＊　＊　＊

　꽁꽁 얼어붙은 땅이 콘크리트 바닥처럼 딱딱한 느낌으로 다가올 쯤, 하늘에는 석양이 걸려있었다.

　나는 차를 운전하여 동네 초등학교로 향했다.

　너무도 추운 날씨 때문인지, 초등학교 운동장에는 아무도 없었다.

　텅 빈 운동장 축구 골대에 샌드백을 걸었다.

　오랜만에 샌드백을 치는 것이다.

　글러브를 착용한 후, 주먹을 뻗었다.

　어깨와 허벅지엔 샌드백의 운동에너지가 느껴졌다.

정강이로 킥을 찼다.

정강이 킥이 샌드백의 정 중앙에 꽂힐 때마다, 들려오는 타격 소리
가 너무도 상쾌했다.

줄넘기를 했고, 운동장을 돌았다.

요정아!

이제 일상의 그리움을 어떻게 표현해야 할까?

나의 생활에는 이미 변화가 생겨 버렸어.

조급함이라는 것은 스스로를 지치게 만들고, 어리석은 판단을 하게 만드
는 것 같아.

하지만 나는 요정이를 만나고부터 즐거운 상상과 예전과 다른 시각으로
세상을 살아가고 있는 것은 분명해.

내게 일상의 기쁨이라면 제일 먼저 너의 모습을 떠올리는 것이다.

나는 늘 네가 그리워.

시간이 지난다면 이런 그리움도 추억이 되겠지.

나는 이런 생각들로 널 기다리고 있어.

그러니 치료에만 전념했으면 좋겠어.

-언제나 널 기다리며-

　　　　　　※　※　※

　멀리 있는 태양이 산기슭 아래로 사라지면, 내 마음을 지배하는 하늘의 고유한 빛은 그녀를 향해 간다.

　때론 우리는 서로를 그리워하기 때문에 잠을 이루지 못한다.

　그러면 나는 집 밖으로 나와 어느 하늘을 응시하게 되고, 그녀는 병원 창문을 통해 어느 하늘을 응시하게 된다. 어쩌면 우리는 오늘 밤 서로를 생각하며 언제나 새로운 모습이길 기도하는지도 모른다.

　이런 느낌은 결코 우연이 아닐 것이다.

　내가 어릴 적, 동네 아저씨께서는 별들이 이사를 다닌다고 말씀해 주셨다.

　또, 별들은 이사를 다니기 때문에 새집이 필요하다고 하셨다.

　난 그 얘기가 과연 사실일까 하는 호기심에 몇 달 동안 밤하늘의 모습을 관찰하기도 했다. 그런데 신기하게도 아저씨의 말씀처럼 정말 별들은 이사를 다니고 있었다.

　하지만 유일하게 이사를 다니지 않는 별도 있다.

　북극성.

　언제나 밤하늘 속 같은 자리에 변함없이 떠 있는 북극성을 바라보며 그녀를 떠올릴 것이다.

　그러면 그녀는 그리움을 마음속에 새길 수 있겠지라고 생각해 본다.

　이토록 즐거운 나의 상상을….

어느 별

어린 시절

밤하늘을 바라보면

수많은 별들이 하늘을 밝히고 있었다.

고개를 치켜든 채 걷다 보면

장난꾸러기 같은 어느 별 하나가

어느새 내 등 뒤를 졸졸 쫓아온다.

내가 걸어가면, 어느 별도 내 등 뒤에서 걸어오고

내가 뛰어가면, 어느 별도 내 등 뒤에서 뛰어온다.

달리다 숨이 차서 멈추면

그 별은 나와 함께 달리다가

숨이 찬 듯, 그 자리에 멈춰있다.

추운 겨울 밤

아무도 없는 깜깜한 골목길

철없는 아이에게 언제나 위안이 되어준

아름다운 저 별.

                    ✳ ✳ ✳

오전에는 혈소판 수혈과 적혈구 수혈을 받았다고 한다.

그녀는 거동은 할 수 있었지만, 얼굴이 퉁퉁 부어 있었고 목에는 붉은 반점도 보였으며, 기도는 부어 있었다.

섭취한 음식물도 모두 게워내는 상황이었다.

체내에는 1조 개 이상의 백혈병 세포가 존재한다고 하는데, 백혈병 세포를 완전히 제거하는 것이 궁극적인 치료의 목표가 되지만, 환자가 통증을 느끼지 않고 혈액에서 백혈병 세포가 관찰되지 않는 단계까지 제거하는 것이 일차적인 치료의 목표가 된다.

이러한 상태를 완전 관해 상태에 이르는 것이라고 한다.

급성 골수성 백혈병은 본래 단일한 질환이 아니라 서로 조금씩 다른 질환들의 집합체이며, 급성 골수성 백혈병은 8가지 아형 M0, M1, M2, M3, M4 M5, M6, M7으로 분류하는데, 현재까지는 급성 전골수성 백혈병(M3)을 제외하면 다른 급성 골수성 백혈병들에는 거의 동일한 항암 치료를 시행한다고 했다.

참고로 그녀는 단구성 백혈병이다.

8가지 아형 중에서도 예후가 나쁘다고 말하는 것을 들었다.

1차 항암 치료 후 골수 검사를 실시했는데, 완전 관해 상태에 도달하지 못한 그녀는 곧바로 2차 항암 치료에 들어갔다.

또 다시 그녀에게 약 1주일 동안 지속적으로 항암제가 투여되었다.

완전 관해*의 달성 여부가 향후 치료 결과 판정에 매우 중요하다고 한다.

현재 완전 관해 상태에 도달하지 못한 그녀는 무균실 생활을 계속 해야만 했다.

완전 관해 상태에 이르면 공고 치료를 받게 되는데, 공고 치료의 경우, 상태호전에 따라 통원치료가 가능하다. 하루라도 빨리 병원을 벗어 나고 싶어 했던 그녀는 검사 결과에 민감하게 반응할 수밖에 없었다.

또 급성 골수성 백혈병 환자들은 나이 또는 관련된 암 유전자의 이상에 따라 서로 다른 치료 결과를 나타낸다고 한다.

집으로 돌아갈 날을 애타게 소망했던 그녀와 가족은 검사결과에 다소 실망했지만 희망은 사그러들지 않았다. 비록 검사 결과는 완전관해 상태에 이르지 못했지만, 새로운 희망은 봄과 함께 다가올 것이라고 생각했다.

＊ ＊ ＊

아침부터 내리기 시작한 눈이 밤에도 계속 이어졌다.

그녀는 병실 창문을 통해 내리는 눈을 바라보고 있었다.

＊ 완전관해: 백혈병 세포를 거의 발견할 수 없는(보통 골수 내에서 암세포가 5% 미만일 때) 상태를 말하는 것이며 또 현재 백혈병의 증상이 나타나지 않으며, 현대 의학으로 백혈병 세포를 발견할 수 없다는 의미, 하지만 완치는 아닌 상태.

평온한 미소가 입가에 번지면서 자신의 어린 시절 눈에 관한 에피소드를 내게 말하기 시작했다.

그녀가 초등학교 5학년이던 겨울방학, 그 해 겨울은 눈이 자주 내렸고 유난히도 추운 날이 많았다고 한다. 모두가 잠든 자정을 넘긴 시간, 매섭게 불어오는 바람이 창문을 심하게 흔들었기 때문에 그 소리에 잠에서 깨어났다. 그녀는 자신의 방에서 나와 졸린 눈을 비비며 거실을 가로질러 화장실에 가려 했다. 집은 2층 양옥집인데 그녀의 방은 2층에 위치해 있었다. 성애 긴 투명한 거실 유리문을 통해 들어 오는 새하얀 세상의 광채를 직감적으로 느낀 그녀는 거실 유리문을 활짝 열어 젖혔다고 한다. 자신이 잠든 사이, 눈은 계속해서 내렸고, 수북히 쌓인 하얀 세상이 펼쳐졌다. 기쁜 마음으로 탄성을 질렀다고 한다. 설레이는 마음도 진정되지 않았다. 방으로 돌아온 그녀는 방 안 창문을 열고 한참 동안 추위도 잊은 채, 새벽의 신비스런 하얀 세상을 바라보았다. 그녀는 도저히 졸음을 참을 수 없을 때까지 바깥 세상을 바라보다가 잠자리에 들었다. 잠들기 전, 꼭 아침 일찍 일어나 학교 운동장으로 곧장 달려가 수북히 쌓인 눈을 그 누구보다도 먼저 밟겠다 다짐하며 잠들었다고 한다.

아침 일찍 눈 뜬 그녀는 숨을 헐떡이며 학교로 달려갔다.

순백의 눈이 평행하게 쌓인 풍경을 바라보며, 자신이 그 눈밭을 가장 먼저 밟을거라 여겼다. 하지만 운동장에 도착한 그녀는 곧 실망감에 휩싸였다.

기대와는 달리, 이미 누군가 넓은 운동장 위에 흉터 자국 같은 발자국을 사방에 다 내놓았다는 것이다. 낙담한 채 집으로 되돌아오는 도중, 재수없게 눈길에 두 차례나 넘어졌고, 어디선가 고성이 오가더니 날아온 깡통에 머리를 맞아 엉엉 울면서 집으로 되돌아왔다는 것이다.

오랜 세월이 흘렀지만 그녀는 '자신보다 먼저 운동장에 발자국을 남긴 사람은 어떤 사람일까?' 문득 이런 생각이 들면, 다시 한 번 어린 동심으로 돌아가 새하얀 눈을 밟아보고 싶은 생각이 든다고 말했다.

그녀의 말을 듣고 짐작해보면, 어린 동심에게 상처를 주는 것은 항상 어른들이다.

그녀가 눈에 관한 추억의 피해자라면 나는 언제나 가해자였다.

자정을 넘긴 시간, 눈이 내리고 있었는데, 내가 사는 집 6층 아파트 베란다 문을 열어보니 세상은 새하얀 이불을 덮고 있었다.

나는 집을 나와 눈 내리는 산책로를 따라 걸었다. 그 누구보다도 먼저 눈을 밟는 것은 즐거운 일이다. 검은 밤의 세상에서 뒤바뀐 하얀 세상을 따라 내가 걸어온 발자취의 흔적을 선명하게 새기면서 걷다보면 시간이 거꾸로 흘러 내 모습은 어느덧 청년이 되어 있고, 어린 아이가 되어 있는 듯한 착각이 든다.

산책을 마치고 집으로 돌아와 잠들면, 나는 눈사람이 되어 있는 꿈을 꾸곤 한다.

이른 아침 출근을 하기 위해 집을 나서는데, 그녀처럼 아무도 밟지 않은 눈을 밟기 위해 설레는 맘으로 집을 나섰다가 내가 잔뜩 찍어놓은 발자국에 실망한 동네 조무래기들이 아침부터 괜히 일찍 일어났다고 투덜거리며 집으로 귀가하고 있었다.

우연히 그 모습을 지켜보았던 나는 흐뭇한 미소를 보였다.

면회를 끝낸 후 병원을 나섰는데, 눈은 쌓여 있었지만 더 이상 내리지는 않았다.

아마도 새벽이 되면 별빛이 새하얀 눈밭에 반사되는 모습을 보게 될 것이다.

귀가하는 도중, 집 근처에 위치한 학교 운동장을 지나치고 있었다. 항상 저녁마다 운동을 하는 초등학교인데, 방학 기간 중에는 8시에 출입문을 닫는다. 그런데, 이날 따라 8시를 넘긴 시간인데도 학교 출입문은 잠겨 있지 않았다.

문득 내 안에 못된 심보가 또 다시 발동했다.

나는 천천히 운동장을 향해 걸어갔다.

평평한 눈밭에는 거의 흔적이 없었다.

눈이 그친 후, 곧바로 한파가 찾아왔는데 바람도 매우 세차게 불어서 체감온도는 급격히 내려갔다. 추위 때문인지 거리를 지나치는 사람들이 별로 없었고, 학교운동장에도 운동하는 사람이 한 명도 없었다.

나는 넓은 운동장 곳곳을 한 발짝 한 발짝 옮길 때마다 삶의 절실한 소망을 새겼고, 사방에 발자국을 남겨놓은 채, 집으로 귀가했다.

 ✳ ✳ ✳

며칠 전부터 폐에 염증이 생긴 그녀는 산소 호흡기를 착용하고 있었다.

그녀의 친구 정숙 씨를 우연히 병원에서 만났는데, 요정이의 심리상
태를 듣게 되었다.

산다는 것이 왜 슬퍼야 하는지 모르겠다며, 아저씨가 너무 보고 싶
은데 볼 수가 없어 슬프다는 말을 정숙이로부터 전해 들었다.

하늘을 바라보면, 마치 하늘은 퍼즐조각처럼 아직도 채워지지 않은
공간의 여분이 그녀의 모습으로 모두 채워지게 되는 것 같았다.

어릴 적 향기가 그윽한 아카시아 나무 아래, 나이 많으신 사촌 형님
께서는 내게 이런 말씀을 해 주셨다.

"영복아, 너의 마음속에는 한 그루의 작은 나무가 자라나고 있으니,
그 나무는 일생 동안 너와 함께 성장해 갈 것이다."

나는 질문했다.

"형, 저는 이렇게 작은데 어떻게 제 몸 안에 나무가 자랄 수 있어
요?"라고.

형님께서 말씀하셨다.

보이지 않은 작은 나무라고.

오직 자신만이 나무의 존재를 느낄 수 있으며, 대화를 나눌 수 있다
는 것이다.

또 그 나무는 자신의 생각과 노력에 따라 성장해 가는 나무라고 말

씀하셨다.

난 가끔 생각하고 상상한다.

내 안에서 자라는 나무.

그녀 안에서 자라는 작고 아름다운 나무를.

창가에 떠오른 별을 보며

비록 30여 년이 지나간 짧은 시간이었다.

그리고 나는 진실로 많은 경험과 지식을 얻고 싶다.

그러나 지금은 어떻게 살아가야 할지 모르겠다.

때로는 무엇인가를 잃어버리고 나서 안타까워하는 내 모습에 실망하고

후회를 하기도 한다.

나는 어릴 적부터 별을 좋아했다.

그러나 언제부터인지는 정확한 기억이 없다.

다만 내가 느낄 수 있고 성숙해져야 한다는 것, 철이 들 수 있다는 것,

생활 변화에 적응해야 한다는 것 이 모든 것이 새롭고 낯선 느낌이다.

나는 가끔 도시를 떠나야겠다는 생각을 한다.

그러면 나는 떠날 수 있고 걸어 갈 수 있는 내 안의 모든 자유로운 생각,

자유로운 느낌은 지금은 비록 미흡하고 조급한 행동과 생각이겠지만

오랜 시간이 흐른 후 보다 성숙된 소중한 경험을

얻을 수 있을 것이라고 생각했다.

* * *

문득 잠에서 깨어났지만 다시 잠을 이룰 수 없었다.

새벽 5시를 가리키는 시간, 초침의 바늘은 계속해서 원을 그리며 제자릴 돌고 있었다.

나만의 세상이 방 안 천장에 나타났다.

그녀만의 세상도 보였다.

60억 개가 넘는 세상을 천장에 새겼다.

자연의 동식물까지 새겼더니, 상상하기도 힘든 빛이 만들어졌다.

천장에 새겨진 모든 빛은 공존하는 우주가 되었다.

잠에서 깨어났을 때 가장 먼저 그녀를 떠올린다.

그녀를 떠올리면 가슴이 뭉클해지고 뿌듯해진다.

얼마 전 그녀가 내게 했던 농담을 생각했다.

"아저씨는 음흉하고 치사해."

내가 "아~휴, 요걸 한 대 콱!" 하는 표정을 지으며 얄미운 그녀의 전신을 훑으며 미소를 머금고 말했다.

"맞아 난 음흉하고 치사해. 하지만 요정아. 난 너를 위해서라면 어떤 상황에서도 망설이지 않아."

우리 두 사람은 각자 다른 세상 속에서 공존하는 생각이 있다.

늘 선의 마음이 함께하길.

아침엔 출근하여 회사에 사직서를 제출했다.

후임자의 업무파악이 끝나면, 더 이상 회사를 출근하지 않아도 된다.

✳ ✳ ✳

그녀에게 병을 이겨내고 몸이 건강해지면, 함께 여행을 떠나자고 말했다.

우리는 눈이 한없이 쌓인 시베리아 삼나무 숲에서 회색 늑대처럼 서로를 바라보며 포효하기로 약속했다.

나는 입맛을 쩝쩝 다시며, 음흉한 표정으로 말했다.

"정말 여행을 가는 거다?"

"네."

그녀의 목소리는 힘이 없고 쓸쓸했다.

대답은 단 한마디지만 내 마음은 충분히 아팠다.

"물론 각오는 돼 있겠지."

그녀는 나의 말에 아무런 반박도 하지 않고, 차분하게 "네." 대답했다.

"요정아, 예전부터 궁금한 것이 있었어. 왜 나를 아저씨라고 불러. 내가 정말 그렇게 나이 들어 보여?"

나는 오래 전부터 그녀가 왜 내게 아저씨라고 부르는지 그 이유가 정말 궁금했지만, 물어본 적은 단 한 번도 없었다.

"아니요. 오빠라는 호칭은 징그러워요. 아저씨라고 하면 왠지 의지가 되고 친구 같은 느낌 들어요. 음~ 아저씨는 키도 크고, 잘 생기고 너무 착해 보여요. 그동안 여자 친구가 없었다는 말은 다 거짓말 같아요. 그리고 아저씬 거짓말쟁이고, 개구쟁이 같아서 좀 짓궂은 것도 같고, 항상 엉뚱한 상상 잘하고, 또 철없는 아이 같아요. 근데 옷은 잘못 입는 편이에요. 아저씨는 잘 생긴 외모를 가졌고, 아저씨 같지도 않아요. 그냥 내가 부르기엔 아저씨라는 호칭이 편하고 좋아요. 아저씨가 싫다고 하면 이제부터는 오빠라고 부를게요."

"아니야, 요정아. 사실 나도 아저씨가 좋아. 나처럼 멋있는 남자는 아저씨라는 호칭이 더 좋을 수 있어."

"그럼요. 아저씨가 얼마나 멋있는 사람인데."

"우리 색시도 정말 예뻐."

우리는 기쁜 마음으로 대화를 나누고 있었지만, 그녀 스스로는 슬픔을 감추지 못했다.

"우리 색시도 정말 예뻐."라는 말에 그만 울음을 터뜨렸다.

그녀가 울음을 참으며 말했다.

"정말이요. 아저씨. 제가 아직도 예쁜가요?"

"그럼."

"아저씨. 사실은 저 아저씨 너무 많이 보고 싶은데, 이제는 안 볼 거예요."

"왜?"

"이제는 제 모습을 아저씨께 보여드리기 싫어요. 전 많이 미워졌어요."

"아니야. 그렇지 않아. 요정아. 내 머릿속에는 항상 처음 우리가 만난 장소에서 보았던 어느 아름다운 아가씨를 기억할 뿐이야. 그 아가씨는 상대방을 행복하게 만들어주는 재주를 지녔어. 그리고 예쁜 마음씨와 아름다운 미소를 지녔지. 나는 그 아가씨를 처음 본 순간부터 반해 버린걸. 난 지금도 투명한 날개를 펼치며 하늘을 날아다니는 요정을 상상하고 있어."

그녀가 새침하게 말한다.

"거짓말. 아저씨는 입만 열었다 하면 거짓말이잖아요."

"아니야. 정말이야. 요정이의 안 좋은 점은 딱 한 가지 있는데, 가끔 거리에서 사람들 시선에 아랑곳하지 않고 가래침을 뻔뻔하게 '카~아~악 퉤' 하고 뱉는 것뿐이야. 좀 여자가 더러워 보이는 것뿐이지."

우리는 같이 웃었다.

"아저씨! 저를 처음 본 순간부터 사랑하게 될 거라고 생각했어요?"

"그럼 당연하지. 난 가끔 생각해. 어쩌면 자비롭고도 신비스런 기운이 우리를 만나게 했는지도 모른다고. 결코 우연이 아닐 거야."

12살 때 아카시아 나무 아래서 좋아하던 여자아이를 끌어안고 뽀뽀를 했다가 여자아이의 어머니한테 들켜 마당 빗자루로 맞았던 기억.

동네 친구 가족이 한자리에 모여 저녁 식사를 먹고 있는데, 창문 틈 사이로 몰래 폭음탄을 던져놓고 도망갔던 기억.

동네 옆집 아줌마가 얄미워서 장독을 새총으로 쏴 부숴놓고 의기양양했던 기억.

시트커버를 잘게 잘라 고무줄 총을 만들어 지나가던 누나들의 종아리를 맞추고, 누나들이 아파하던 모습을 훔쳐보며 즐거워했던 기억.

동네 우물에서 등목을 하는 동네 아이에게 장난으로 돌을 던졌는데, 돌이 머리에 맞아 병원으로 보내버렸던 기억, 물론 나는 아버지와 형들한테 뒈지게 맞았다.

옆집 아줌마 아기에게 흙을 퍼서 먹이고는 도망갔던 기억.

동네에 얄미운 녀석이 있었는데, 그 녀석의 집, 유리 창문을 돌멩이를 던져 깨트렸다가 결국에는 들통 나서 아버지께 뒈지게 맞고는 한겨울 내복만 입고 대문 앞에서 무릎 꿇고 손 들고 벌 섰던 기억.

나는 이런 기억들을 그녀에게 들려주었다.

* * *

오늘은 많은 비가 내려 주었으면 좋겠다는 생각이 들었다.

일신의 모든 피로가 마지막이길 바라면서….

2차 항암 치료까지 끝낸 그녀는 무균실을 퇴실하여 일반병실로 옮기게 되었다.

그녀가 입원해 있는 병실 문을 여는 순간, 항상 그녀의 곁을 지키고 계신 어머니께서 오늘은 나에게 눈물을 보이셨다.

이틀 전부터 시작된 고열과 구토증상으로 그녀의 체력은 많이 떨어졌다.

항생제를 주사하여 열은 좀 내려갔지만, 그녀는 좀처럼 체력을 회복하지 못했다.

다시 추가적인 항암 치료를 하기 위해서는 그녀의 체력회복이 전제되어야 했다.

2차 항암 치료까지 끝마쳤지만, 완전 관해 상태에 도달하지 못한 그녀는 골수이식을 서둘러야 하는 상황이었다.

이런 현실의 절박한 상황을 어머니로부터 들었다.

＊　＊　＊

피곤한 몸을 이끌고 돌아와 이제야 안식을 찾게 되었을 때, 늘 지루하고 안타까운 일상 속에서 새롭게 변해갈 수 있다는 확신과 신뢰를 제발 버리지 말아야 한다고 몇 번을 다짐해보며…

비록 성급하고 미흡한 나의 생각이 그녀에게 어떤 의미로 받아들여질까?

고민하겠지만 마음의 균형 잡힌 생각은 그녀에게 신뢰와 믿음을 준다.

이제 용기를 내 말하고 싶다.

나의 꿈을 말하고, 미래를 말하고 나와 함께 평생을 같이하자고 말하고 싶다.

비록 현실은 경쟁적이고 치열하지만 꿈과 희망이 자라나는 것은 아직도 젊음 안에서 생각하고 행동하기 때문이다.

병원을 방문하면, 어머니께서는 나를 배려하는 차원에서 자릴 떠나시곤 했다.

오늘도 어느새 자리를 비우셨다.

침대에 누워 있는 그녀의 팔엔 언제나 약물이 주입되고 있는 바늘이 꽂혀 있었다.

또 다시 입안이 헐어 음식물을 복용할 수 없는 상태였다.

음식물을 섭취할 수 없으니, 각종 영양제가 며칠째 그녀의 몸속으로 주입되고 있었다.

어제는 심한 오한 때문에 잠을 이룰 수 없었다고 한다.

그녀는 늘 힘든 아픔 속에서도 내게는 또렷한 의식을 보이려고 노력했다.

그에 비해 기껏 내가 할 수 있는 일이란 그녀의 작은 손을 잡아 주는 것이 전부였다.

그런 나의 행동이 안타까웠던지, 그녀는 나의 머리를 만져 보고 싶다고 말했다. 하지만 팔이 힘이 들어가지 않는다며, 자신의 팔을 나의 머리로 옮겨 달라고 한다. 아저씨를 만져보고 싶은데, 스스로의 힘으로 만질 수가 없다는 것이다.

팔을 들어 올릴 힘조차 남아 있지 않다는 그녀의 말에, 순간 나는 그동안 참아왔던 눈물이 나왔다.

짧은 면회시간이 끝나갈 무렵, 난 앉아있던 자리에서 일어나 미리 준비해둔 목걸이를 주머니에서 꺼내 누워있는 그녀의 목에 채워주었다.

그녀는 다소 의외라는 표정으로 날 바라보고 있었지만, 아무런 말도 하지 않은 채, 침묵 속에서 나의 행동을 묵묵히 응원하고 있었다.

목걸이를 채워준 다음, 나는 그녀의 눈망울을 간절한 마음으로 바라보며 부드러운 목소리로 간청하듯 말했다.

이제 나의 아내가 되어 줄 수 있냐고, 제발 나의 아내가 되어 달라고, 그러니 제발 병을 이겨달라고….

늘 내 곁에서 나의 삶을 지켜보며 내가 바르지 못한 선택을 한다면, 내 옆에서 조언해 주는 친구가 되어달라고….

그녀는 잠시 생각하며 눈시울을 붉혔지만, 곧 목 메인 목소리로 당신의 아내가 되겠다고… 병을 이겨내고….

반드시 당신의 아내가 되겠다고 말했다.

우리는 한동안 아무런 말도 하지 못하고, 따뜻한 눈빛으로 서로의 얼굴만을 바라보고 있었다.

문득 죽음이 내 앞에 다가올지라도

나는 그 마음 영원히 변하지 않으며

언제나 당신 곁에서 숨은 그림자인 듯

그렇게 오랫동안 꿈꾸며 살고 싶다.

　　　　　　　　＊　＊　＊

　골수에는 혈액을 만드는 조혈모세포가 있다고 한다.

　골수이식수술은 백혈병이 발생한 환자의 조혈모세포를 제거하고 대신 정상인의 조혈모세포를 이식하는 수술이다.

　조직 적합성이 일치하는 정상적인 조혈모세포를 채취해야 하는데, 우선 가족을 대상으로 적합성을 검사하고 만약 가족들도 적합하지 않다면 타인의 조혈모세포를 이식받아야 한다고 한다. 가족 중에서 적합성이 일치한다면 골수에 바늘을 삽입하여 직접 조혈모세포를 얻을 수 있다. 하지만 가족 중에서 적합 판정이 일치될 확률은 채 20%도 되지 않는다고 한다. 그녀의 가족들 대상으로 적합성 검사를 실시했으나 조직 적합성이 일치하는 사람은 없었다. 그녀의 친 오빠도 일본에서 귀국하여 조직검사를 받았으나 일치하지 않았다. 현재 그녀의 몸 상태는1차, 2차 항암 치료를 끝낸 후 경과를 지켜보는 중인데 백혈병 세포가 늦게 감소하여 예후가 좋지 못하다고 한다.

　나는 무슨 말인지 잘 모르겠으나 그녀의 가족들의 심각함으로 보아 좋지 않은 상황이다.

　그리고 조혈모세포 이식이 시급한 상황이라고 전해 들었다.

　조혈모세포은행에 등록된 제공자 중 조직적합성이 일치하는 사람이 있어야 하는데. 우리나라의 경우 제공자가 많지 않아 외국에서 일치하는 사람을 찾는 경우가 많으며, 그마저도 일치하는 사람을 찾을 수 없다면 치료시기를 놓치게 된다고 한다.

그래서 난 우주가 되고 싶다

내가 죽어 다시 태어난다면, 난 우주가 되고 싶다.

내 소중한 사람들이 내 안에 살고

꽃도, 나무도, 흙도, 하늘도, 바다도 모두 내 안에 있다.

희망찬 아침의 태양의 모습도

아름다운 모습으로 기억되는 해 저무는 풍경도

나와 같은 꿈을 꾸는 이의 모습도

모두 내 안에 살게 된다.

그래서 나는 우주가 되어 따뜻한 마음을 나누고 싶다.

✻ ✻ ✻

두 마리의 늑대가 사막에서 길을 잃은 채 헤매고 있었다.

태양의 타는 듯한 열기가 온몸에 전해졌다.

혓바닥이 마르고 갈라지는 듯한 갈증과 누적된 피로는 마치 비수가

몸에 박힌 것처럼 온 몸을 나른하게 만들었다.

지칠 대로 지친 암컷 늑대는 모래사막 한가운데 쓰러져 가쁜 숨을 몰아쉬며, 숨을 헐떡이고 있었다.

근심스런 눈빛의 수컷 늑대는 쓰러진 암컷 늑대에게 다가가 얼굴을 부비고 있었다.

암컷 늑대는 조금도 미동하지 못한 채, 눈을 깜박거릴 뿐이다.

"제발, 기운을 내. 이 모래 언덕 너머엔 푸른 초원이 나타날 거야."

수컷 늑대는 암컷 늑대의 목덜미를 입으로 붙들며 일으켜 세우려고 온 힘을 썼다.

수컷 늑대의 도움을 받아 힘겹게 일어선 암컷 늑대는 수컷 늑대에게 "나를 포기하고 떠나라." 말한다.

수컷 늑대는 결코 그럴 수 없다.

온통 머릿속엔 암컷 늑대를 살려야겠다는 일념뿐이었다.

수컷 늑대는 암컷 늑대의 둔부를 자신의 머리로 힘껏 밀며 계속해서 모래 언덕을 오르고 있었다.

암컷 늑대도 힘을 내고 있다.

살고 싶다.

살아야 한다.

하지만 당신만 살릴 수 있다면 나는 어떻게 되든 상관없다.

이때 등 뒤쪽 아득히 먼 곳에서부터 모래바람이 소용돌이처럼 치솟으며 불어오더니 수컷 늑대의 귓가에 속삭이듯 말했다.

"이 모래 언덕 너머엔 풀이 자라고, 물이 흐르며, 더 먼 곳에는 나무가 자라고 드넓은 들판이 펼쳐진 푸른 땅이 나타날 것이다."

바람은 이렇게 말하고는 모래 언덕 너머로 사라져 버렸다.

수컷 늑대는 도무지 끝이 보이지 않을 것 같은 모래 언덕 너머엔 늑대의 안식처가 나타난다는 바람의 말에 희망을 되새겼다. 결코 겪을 수 없는 신념을 마음속에 새기며 모래 언덕 너머엔 늑대들의 안식처가 존재한다고 믿어버린 것이다.

꿈에서 깨어난 나는 멍하니 방 안 천장을 한참 동안 쳐다보고 있었다.

아침마다 무심결에 떠오르는 그녀에 대한 막연한 그리움은 바람을 따라 이동하는 산소 같았다.

병원을 방문했던 어느 날 그녀의 작은 어깨를 감싸 안고 행복한 날을 기억해 보았다.

과거의 기억은 투명한 종이처럼 속이 환히 보였다.

마른 낙엽이 바람에 의해 내게로 날아와 무심하게 지나치듯 기억은 날리는 낙엽같이 사라져 갔다.

그녀는 오늘도 아픈 몸으로 세상의 불공평한 기준과 힘든 싸움을 하고 있었다.

내부의 고통과 괴리감이 스스로를 무너뜨리고 슬픈 생각이 마음을 지배할지도 모른다는 생각이 들었다. 그나마 다행인 것은 헌신적인 그녀의 어머니가 굳은 의지를 보이며 언제나 그녀 곁을 지키고 있다는 사실이다. 병원을 방문할 때마다 마주치는 어머니는 보호자 휴게실에서 그녀의 병상일지를 꼼꼼히 체크하며 백혈병에 대한 지식이나 정보를 수집하고 계셨다. 어머니께서는 그녀가 입원한 후, 단 한 번도 편한 잠을 주무시지 못했다. 하루에 한 번 찾아가는 짧은 면회시간에 언제나 마주치는 어머니의 눈빛은 희망과 고통이 교차하고 있었다. 늘 그녀의 곁을 지키며, 아픔을 같이 하셨기에 그녀의 고통은 혼자 짊어지고 가는 것이 아니라 절반은 그녀의 몫이며 나머지 절반은 그녀의 가족들 몫이었다. 또 그녀의 고통을 걱정하는 많은 사람들의 온정과 마음이 함께하고 있었다. 답답하고 암울한 상황이 지속되고 있었지만, 모두들 기적적으로 그녀가 병을 이겨낼 수 있다는 희망과 신념을 버리지 않았다.

마치 건조하고 황량한 사막 모래 언덕 너머엔 물이 흐르고, 풀이 자라는 들판이 존재하는 것처럼.

또 어느 날 그녀는 내게 이런 질문을 했다.

"아저씨. 세상에 하찮은 것조차도 그 이름이 불리게 되면 그 가치가 증명되는 건가요?"

나는 집으로 돌아와 늦은 새벽까지 혼자 술을 마시며 그녀가 내게 한 말에 대한 의미를 생각하고 또 생각해 보다가 잠들어 버렸다.

면회 시간은 가까워졌는데 아직 술이 덜 깬 상태였다.

그녀를 보기 위해 어쩔 수 없이 병원엘 찾아 갔다.

면회 시간 내내 입안에 맴도는 술 냄새 때문에 병실 안은 술 냄새로 가득했다.

미안함 때문에 말도 못하고 고개를 숙이고 있었는데, 그녀가 내게 하던 말이 떠올랐다.

"아저씨, 고개 숙이거나 미안해하지 마요. 난 힘들 때면 몇 번씩 편안히 잠들어 버렸으면 하는 생각이 들기도 해요. 하지만 다음날 아저씨를 보게 되면 내 자신이 얼마나 어리석은 생각을 했는지 후회해요. 아저씨를 오늘도 볼 수 있다 생각하면 치료 과정의 고통은 잠시 내 몸을 억누르고 있는 억압 같다는 생각이 들어요. 아저씨의 지극한 마음은 나에게 큰 힘이 되고 있어요. 그러니 아저씨가 자책하지 않았으면 좋겠어요."

난 그녀의 부드러운 말에 더욱 고개를 들 수 없었다.

"내 입 안에서는 술 냄새만 풍기는 걸."

"아니야 아저씨. 아저씨한테는 좋은 향기가 나. 향상 내가 좋아하는 향기. 그러니까 미안해 하거나 나를 안쓰러운 표정으로 바라보지 마요. 난 아저씨가 예전처럼 장난치는 개구쟁이 같은 모습을 내게 보여주었으면 좋겠어요."

바람의 색깔은 어떤 색일까?

그녀의 생각은 늘 바람과 같았다.

가까이 있지만 그 존재를 굳이 확인할 필요가 없는.

그냥 가만히 있어도 내가 어느 곳을 바라본다 해도 항상 공간 속에 존재하는 그녀의 모습.

그런 바람과 같았다.

어느 날 병실 창문을 통해 유심히 하늘의 구름을 바라보던 그녀는 계속해서 변해가는 구름의 모습을 관찰하고 있었다.

바람이 구름의 모습을 쉴 틈 없이 변화시킨 것이다.

그녀의 작은 어깨엔 구름에 가린 엷은 빛이 스며들고, 얼굴엔 웃음이 입가에 번졌다.

그녀의 기분에 따라 나의 기분도 맑아졌다가 어두워졌다가를 반복한다.

제7장
슬픈 방관자
(episode)

곧, 봄은 올 텐데 한없이 눈이 내렸다.

낮에도 내렸고, 밤에도 내렸다.

다음날에는 눈이 그쳤지만, 저녁에는 매서운 칼바람이 불었다.

아무도 없는 텅 빈 거릴 홀로 걷다가 하늘을 쳐다보았다.

길을 잃고 제자릴 맴도는 떠돌이 별 하나가 하늘에 만들어졌다.

나는 그녀의 임종을 지켜보지 못했다.

갑작스럽게 떠나간 그녀 또한 자신의 모습을 결코 내게 보이고 싶지 않았을 것이다.

병을 발견한 순간부터 떠나는 순간까지 그녀는 삶에 대한 애착을 가졌고, 병을 극복하기 위해 스스로 희망을 가지려는 노력을 해왔다.

고통이 극심한 치료 과정에서도 늘 웃음을 잃지 않았고, 스스로를 소중히 여겼으며, 내게는 늘 다정한 눈빛을 보였다.

1, 2차에 걸친 치료 과정에서 그녀는 완전 관해 상태에 도달하지 못했다. 치료 과정에서 내성이 생긴 불량세포를 제거하기 위해 더 강한 항암제가 그녀의 몸속에 투여되었고, 그녀가 겪어야 하는 고통과 부

작용도 더해 갔다. 마지막으로 한 가닥 희망을 가질 수 있는 것은 골수 이식이라고 했는데, 가족들 중, 골수이식에 적합한 사람이 없게 되자, 그녀는 기증자가 나타날 때까지 계속해서 독한 진통제를 투여받을 수밖에 없었다.

그러던 어느 날, 다행히 골수 기증자가 나타나 골수이식 날짜가 잡히게 되었다. 기증자로부터 채취한 골수가 그녀의 흉골 밑 정맥 내, 히크만카테터*가 삽입된 곳을 통해 서서히 이식되었다. 또 골수가 이동하여 생착**이 잘 되어야 하는 것이 관건이라고 한다. 그녀는 골수이식 후 숙주 반응 때문에 음식을 소화할 수 없었다. 숙주 반응은 골수 기증자의 면역세포가 환자의 주요 장기를 이물질로 인식하여 공격하는 면역적 합병증이라고 한다. 또 그녀는 치료 과정에서 예후가 나쁜 복잡성 핵형이라고 하는데, 난 도대체 무슨 말인지 하나도 모르겠다.

입원 당시부터 세상을 떠난 현재까지 시간이 경과될수록 치료 과정에서 발생할 수 있는 고통은 개선되지 않았다.

얼마 전부터는 더욱 심해진 극심한 통증으로 인해 모르핀 주사의 투여량이 많아졌다.

또 통증이 잦아질수록 투여되는 모르핀의 횟수도 늘어났다.

모르핀이 그녀의 의식과 영혼을 혼탁하게 만들었고, 초췌하게 만들

---

*   히크만 카테터: 항암제를 주기적으로 안전하게 맞기 위해 신체 깊숙이 있는 굵은 중심정맥에 삽입하는 기구
** 생착: 다른 조직이 내 조직에 붙어서 삶

었을 것이다.

그녀 스스로 변해가는 자신의 모습에 견딜 수 없을 만큼 마음의 상처를 입기도 했다.

또한 그 모습을 나에게 차마 보이기 싫었을 것이다.

죽음 앞에 놓인 그녀의 마음을 난 짐작할 수 없었다.

내가 그녀와 마지막 대화를 나눈 시기는 그녀가 세상을 떠나기 2일 전이다. 전날 복통 속에서 잠을 이루지 못한 그녀는 진통제 주사와 수면주사를 맞은 후, 겨우 잠들 수 있었다고 한다. 하지만 진통제가 그녀의 몸 안에 투여되었는데도 뼈를 송곳으로 찌르는 듯한, 통증과 구토 증상이 멈추지 않아 다시 금방 잠에서 깨어나고 말았다. 다시 각종 진통제와 촉진제가 그녀의 몸 안으로 투여되었고 이러한 시술이 며칠 동안 계속 반복되었던 것이다.

입안에 염증이 생겨 음식물 섭취가 힘든 상황에서도 열심히 먹으려 했고, 반드시 살아야 한다는 신념 속에서 그녀는 처절한 전쟁을 끊임없이 수행해 왔다.

이런 힘든 투병 생활은 그녀가 세상을 떠난 후, 그녀의 어머니로부터 듣게 되었다.

그녀는 병을 얻고 나서부터 아름다운 과거를 회상한다거나 성장하는 미래의 모습을 상상했다. 때론 죽어서의 모습과 다시 태어날 모습도 생각했다.

그리고 다시는 슬픈 이 땅을 살아가지 않겠다고 말했다.

그녀가 내게 밤의 어둠이 좋아지는 이유가 무엇 때문인지 궁금하다고 질문했다.

그녀도 나와 같은 생각을 한 것이다.

나는 애틋이 그녀를 바라보며 이렇게 말했다.

"밤의 어둠이 좋아지는 이유는 어둠이 세상을 따뜻이 감싸주는 듯한 아름다운 착각이 들기 때문이야."

어둠 속에 있으면 이런 아름다운 착각이 들기 때문이라고.

그녀는 나의 말에 공감이 가는지 미소를 보였다.

또 변해버린 자신을 아직도 사랑하냐는 질문을 했다.

나는 그 마음 영원히 변하지 않으며, 언제나 당신 곁에서 숨은 그림자인 듯, 그렇게 오랫동안 꿈꾸며 살고 싶다고 말했다.

그녀의 눈망울에 다시 이슬이 맺히기 시작했고, 우리가 아직도 영원한 친구가 맞는지, 사랑하는 연인 사이가 맞는지 내게 물었다.

나는 언제나 당신의 친구이며, 내 모든 시간과 공간의 지배자는 당신이라고 말했다.

지금 이 순간도 당신은 나의 요정이며, 하늘의 모습을 변화시키는 바람의 주인이라고 했다.

이제 갓 24살이 된 아가씨가 감당해야 하는 죽음의 공포는 어떤 심정일까?

자신의 삶이 다 소모된 것이라고 예측한 것일까?

그녀는 평소와 너무도 많이 달랐다.

마치 50년이 흐른 뒤, 연륜과 지혜가 쌓인 노인처럼 인자한 눈빛과 편안한 표정으로 내게 웃음을 보였고 비록 짧은 세월이었지만 아저씨를 만나게 되어 너무나 행복했다고 말했다.

나는 불길한 예감이 들어 눈물을 흘렸다.

그녀는 가벼운 미소를 보이며, 나를 울보라고 놀렸다.

나는 눈물이 턱을 타고 바닥에 뚝뚝 떨어지는데도 이물질이 눈에 들어가서 눈시울이 붉어진 것이지 울진 않았다고 우겼다.

다시 그녀가 말을 이어갔다.

자신이 만약 세상을 떠나게 된다면, 빨리 잊을 수 있냐고.

난 결코 그럴 수 없다고 말했다.

매일 하루에 한 번씩 세상이 가장 아름답게 보이는 시간이 되면, 당신이 해 저무는 풍경 속에서 내게로 걸어왔던 모습을 언제나 생각하게 될 것이라고 했다.

이 날 그녀는, '사랑하는 아저씨'라는 말을 반복해서 많이 사용했고, 나는 그녀가 나의 청혼을 받아들였기 때문에 '너 또는 요정'이라는 호칭을 쓰지 않고 당신이라는 호칭을 사용했다.

그녀가 이번에는 자신이 만약 세상을 떠나버린다면 많이 슬퍼하지 않겠다는 약속을 해달라고 했다.

난 처음엔 그런 약속은 지킬 수 없다고 완강히 거부했지만, 말 한마디조차 하기 힘들어하는 그녀가 계속해서 약속해 달라는 말을 반복했기 때문에 마지못해 그렇게 하겠다고 약속해버렸다.

나도 그녀에게 반드시 약속을 지키라고 말했다.

나의 신부가 되겠다고, 맹세한 약속을.

그녀는 반드시 약속을 지키겠다고 했다.

자신은 아저씨 같은 거짓말쟁이가 아니라고 말하면서.

＊ ＊ ＊

장례식장에서 그녀의 아버지 어머니가 보였다.

두 분은 밀려오는 슬픔으로 오열하고 있었다.

특히 그녀의 어머니는 나를 얼싸안고 한참을 더 서럽게 우셨다.

나는 묵묵히 서서 눈물을 흘리지 않으려고 노력했다.

아버님께서 작은 상자를 내게 건네주시며, 그녀가 전해주라는 물건
이라고 말씀하셨다.

상주인 오빠도 그녀가 위독하다는 소식을 접하고 일본에서 급히 돌
아왔다.

나는 그녀의 오빠와 함께 장례기간 동안 자리를 지켰다.

그리고 그녀는 화장되어 춘천의 어느 납골당에 안치되었다.

모든 장례절차가 끝난 후, 난 춘천에서 서울로 돌아가지 않은 채, 영
혼이 빠져나간 사람처럼 무작정 길을 걷고 또 걸었다.

걷다가 힘들면 그 자리에서 그냥 주저앉으면 된다.

그냥 거리를 걷는 것 외에는 아무런 생각도 나지 않았다.

삶의 가장 소중한 목표가 허무하게 무너졌다.

또 다시 걷다가 힘들면 그 자리에서 쭈그리고 앉아 다시 멍하니 하늘만 바라보았다.

사람이 살아간다는 것이 이렇게 힘든 걸까?

차라리 그녀를 만나지 않았었다면… 그냥 스쳐가는 인연으로… 아름다운 기억으로 여겨버렸다면….

이런 슬픈 생각이 들다가도 그녀와의 행복한 시간을 떠올리면 입가에 미소가 번진다.

"이 웬수 덩어리!"

"내가 왜 웬수 덩어리예요! 아저씨가 더 웬수 덩어리지!"

"이 바보야!"

"흥. 내가 바보면, 너는 멍청이면서…."

"내가 일찍 장가를 갔으면, 너 만한 딸이 있다."

"너하고 나하고 10살 차이인데, 어떻게 나만한 딸이 있니."

나는 춘천역 근처 화단 아래 앉아 멍하니 담배를 피우고 있었다.

한 노숙자가 다가왔다.

내게 담배를 달라고 한다.

나는 담배 한 개비를 건네주며, 노숙자에게 라이터로 불을 붙여주었다.

노숙자가 담배를 피우며, 내 옆에 슬그머니 앉았다.

그가 내 눈치를 보더니 말했다.

배가 고프니 밥 사달라고.

그러고 보니 나도 이틀 전 아침부터 아무것도 먹은 것이 없다.

거의 이틀 동안 술만 마셨다.

허기가 몰려왔다.

나와 노숙자는 역 근처 해장국 집에 들어갔다.

김이 모락모락 피어 오르는 해장국이 내 앞에 놓여졌다.

나는 아무런 생각 없이 오직 배고픔만 생각한 채, 국밥을 열심히 먹었다.

그런데 그동안 침묵을 지키던 내 마음속 작은 나무가 한심하다는 표정을 지으며 내게 말을 걸어왔다.

"사랑하는 사람이 떠나갔는데 너는 슬퍼하기는커녕, 이깟 배고픔을 못 이겨 아귀처럼 밥이나 먹고 있니"라고….

문득 밀려오는 허기를 못 이겨 해장국을 허겁지겁 먹고 있는 내 자신이 한심하다는 생각에 슬픔이 복받쳐 올라왔다.

그리고 혼잣말처럼 중얼거리듯 고함쳤다.

"기다리는 사람은 생각하지도 않고! 떠나가 버린다면! 남아있는 사람은 계속 기다려야 하나! 그럼 나보고 어떡하라고…! 죽은 사람을…! 나보고 어떡하라고…! 나도 보고 싶은데…! 나보고…! 어떡하라고…!"

나는 밥을 먹는 도중 큰소리를 내어 엉엉 울어버렸다.

                                  ✳ ✳ ✳

　상자를 개봉했을 때, 상자 안에는 그녀가 내게 마지막으로 남긴 한
통에 편지가 있었고 그동안 그녀에게 보냈던 나의 편지, 우리가 함께
찍은 사진, 영화 관람티켓, 공원티켓, 고속도로 통행권 등, 우리 두 사
람의 추억이 담겨져 있었다.

　액자에 담긴 예쁜 십자수 그림도 보였는데, 그녀의 말처럼 음흉하고
야비한 늑대와 귀엽고 예쁜 늑대가 언덕 위에서 함께 달빛을 바라보며
포효하는 모습이 새겨져 있었다.

　아저씨! 요정이요.

　아저씨의 아내가 되겠다는 약속을 지키지 못해 미안해요.
　비록 아픈 몸이었지만, 아저씨의 아내가 된다는 생각에 정말 행복했어요.
　또, 이 편지를 읽게 되었을 때, 슬퍼할 아저씨의 모습을 생각하면 전 마음
이 편치만은 않아요.
　하지만 이해해 주세요.
　저의 생각을 아저씨께 한없이 말하고 싶지만, 그러면 우리는 만날 때마다
늘 슬픈 표정으로 밤하늘을 바라보게 되잖아요.
　저는 예쁜 요정으로 남고 싶으니까. 하하

아저씨 우리 영원한 친구 맞죠?

아니면 연인?

혹시 울고 있나요?

바보.

제발 울지 마세요.

아저씨가 슬퍼하면, 저도 따라 슬퍼져요.

처음 아저씨와 함께 밤을 지새웠던 여름날이 너무 너무 그리워요.

모닥불 빛에 비친 아저씨가 너무 순수해 보였거든요.

제가 진짜 요정이라고 말했을 때, 아무런 반박도 못하고

우물쭈물하던 아저씨의 모습을 전 아직도 기억하고 있어요.

좀 어리바리하고, 수준 떨어지기는 했지만….

농담이에요.

또 저를 구박하려고 하는 것 아니죠?

몸이 좋아지면 아저씨와 함께 여행을 떠나

삼나무 숲의 늑대처럼 포효를 하고 싶었는데.

좀 아쉬워요.

아저씨는 언젠가 아름다운 설원을 찾아가서 꼭 포효하실 거죠.

아저씨!

아저씨가 만든 별에는 요정이 살까요?

우리가 함께 여행했던 자작나무숲에는 이제 푸른 잎이 피어있을까요?

어느 별에 사는 아저씨와 같은 생각을 하는 바보는 찾았나요?

아저씨를 많이 슬프게 해서 정말 미안해요.

그리고 저보다 예쁘고 착한 여자 친구가 생기길 진심으로 바랄게요.

사랑해요.

아저씨! 영원히.

나의 방 사각의 창에는 풍경이 있다.

사각의 하늘의 보았고, 사각의 땅이 보였다.

사각의 풍경 속에 집이 있고

어둠을 밝혀주는 보안등이 있었고

십여 그루에 상수리나무가 보였다.

사각의 창을 통해 바라본 세상이다.

창을 열고 다시 풍경을 보았다.

사각의 편견이 모두 사라지고

모든 사물들이 내 눈에 흡수되는 듯하다.

* * *

'오늘 내가 무의미하게 보낸 하루는 어제 죽은 이가 그토록 살고 싶어 했던 내일이었다.'

위 글은 군복무 시절 화장실 벽에 적혀 있던 내용이었다.

나는 날마다 빈둥거렸다.

비가 내리면 비를 맞기도 했고, 아무런 생각 없이 거리를 홀로 걷기도 했다.

지난 과거처럼 낯선 거리를 걸어갈 때의 설렘이나 즐거움은 없다.

그냥 잠시 내 인생에서 멀리 떨어져 나와 먼 곳을 무의미하게 바라볼 뿐이다.

나는 집 근처 초등학교 등나무 넝쿨 그늘 아래 앉아 조무래기들의 시시한 축구시합을 관전하고 있으며, 일상의 낙이 되어버렸다.

이 시간쯤 오면 아이들의 축구시합을 항상 관전할 수 있다.

"역시 어릴 때가 좋아."라고 중얼거렸다.

그녀를 처음 만난 2년 전에도 지금처럼 하늘에는 양떼구름이 뭉게뭉게 가득했다.

"요정아. 저기 침대같이 생긴 하얀 구름들, 저 구름 위로 올라가고 싶지 않아?"

"아저씨. 또 이상한 상상한다. 올라가서 뭐 하게요?"

"그냥 저 구름 위로 올라가서 라면 끓여먹고 싶어."

"왜 하필이면 라면이에요?"

"그럼 삼겹살 구워 먹니."

"아저씨."

"응."

"저 요즘 마음이 아파요."

"왜?"

"음~ 어느 바보를 정말 사랑하게 됐어요. 그 바보하고 같이 있으면 나도 바보가 되는 느낌이에요. 그런데 자꾸 슬퍼져요. 내가 떠나버린 다면 그 바보가 많이 슬퍼할 것 같아서…."

나는 눈물이 고였다.

아이들은 땀 흘리며 열심히 축구공을 차고 있다.

그런데, 갑자기 시원한 바람이 불었다.

누군가의 소망이 이루어졌기 때문에 바람이 분 것인가?

좋은 기분이 든다.

동네 꼬마들의 열정적인 축구시합을 멀리서 지켜보면서, 마치 방관 자가 된 기분이다.

아이들은 나의 존재를 전혀 의식하지 못하고 있었다.

멀리서 그들을 바라보던 나는 혼자서 중얼거리며, 축구시합을 코치 하고 있다.

"야! 짜식. 공을 옆으로 패스했어야지…."

"그래 슛 찬스가 났어. 때려. 그래…."

"아! 너는 드리블이 너무 길어…"

시합 도중 아이 하나가 상대편 아이의 다리에 걸려 넘어졌다.

넘어진 아이가 다리에 피가 났는지 아프다며 울고 있다.

울고 있는 아이에게는 정말 미안하지만, 나는 쌤통이라는 생각에 입가엔 웃음이 번졌다.

"아! 자식들, 축구는 안 하고 격투기를 하네."

자리에서 일어선 나는 아이들에게 다가가서 아저씨와 같이 축구시합을 하지 않겠냐며 제안을 했다.

아이들은 서로 모여 상의를 하더니, 나의 제안을 수락했다.

10:4 핸디 캡(HANDICAP) 매치다.

나는 모처럼 운동장을 힘껏 뛰어 다녔다.

마치 야생마가 된 듯이 운동장을 헤집고 다니면서.

또는 다시 삶에 대한 열정이 살아난 듯이….

요정아.

만나면서부터 헤어짐을 생각해 봤어.

왜냐하면 당신은 내게 너무 과분한 상대였거든….

내게 우연처럼 찾아온 행운과 동경해온 세상은 내가 지금 살고 있는 틀 안엔 없어.

다만 나는 당신에게 방관자가 된 것 같아 미안할 뿐이야.

그래서 더욱 슬프기도 해.

우리가 함께 공감하고, 바라보았던 하늘 속에는 언제가부터 요정의 날갯짓이 보이겠지?

아마도 자비로운 밤하늘의 정령들께서 당신을 지켜줄 것이라고 믿어.

요정아!

우리는 어떤 공감과 꿈을 같이 한 것일까?

보고 있니.

나는 지금 고독한 늑대가 된 기분이야.

늑대와 개는 원래 조상이 같았는데, 사람들이 던져주는 고기를 받아먹으며 편안한 삶을 선택한 녀석들은 집이나 지키는 멍청이로 진화했고, 인간이 던져주는 고기의 달콤한 유혹을 거부한 바보들은 고독한 사냥꾼으로 진화를 한 것이지.

개들은 사람들이 던져주는 고기를 먹으면서부터 생존본능이 서서히 퇴화되고 말았어.

그리고 그들은 사람들에게 더욱 충성하고 의지하는 삶으로 전락하고 말았지.

아마도 개들은 사람을 떠나서는 살 수 없을 거야.

연약하고 나약한 개들은 편안한 삶을 보장받았지만, 진정한 자유를 누릴 수 없어.

그들은 고기를 얻는 대신 자유를 사람에게 박탈당한 것이지.

하지만 고독하고 늠름한 사냥꾼의 삶을 집이나 지키는 개들과 비교할 수 없어.

그들의 삶은 늘 고단하고 힘든 역경이지만, 광활한 들판과 초원을 질주하며, 누구에게도 자신의 삶을 의지하지 않은 진정한 자유를 누리고 있지.

원래 광활한 들판과 숲은 늑대들의 안식처야.

그들은 어스름한 저녁이 찾아오면 포효를 할 걸.

비록 약탈자들의 침입으로 그들의 영역은 줄어들었지만, 늑대들은 절망하지 않을 거야.

그들은 강인한 근육, 질긴 가죽, 아름다운 털을 지니고 있거든.

조상들이 그랬던 것처럼, 그들도 영토를 지키고 자손들을 번성시킬 거야.

요정아!

나는 이 고독하고 위대한 사냥꾼을 동경해.

이 위대한 전사들은 혓바닥이 마르고 갈라지는 갈증과 육신이 갈기갈기 찢겨지는 고통 속에도 외마디 비명도 지르지 않고, 아름다운 죽음을 맞이하게 될 걸.

이들의 죽음은 최후에도 위대하고 아름답다.

삶을 살아가면서 비굴함에 적당히 타협하지 않겠어.

나는 꼭 멋진 최고의 남자로 성장할거야.

당신에게는 정말 멋진 신랑이 되고 싶었는데, 존경 받는 가장이 되고 싶었는데….

나의 욕심이겠지.

가끔 거리에다 뻔뻔스럽게 가래침을 뱉는 것을 제외하면, 당신은 정말 멋진 나의 여인이었어.

당신이 떠나버린 후 나는 많이 게을러졌어.

지금 내가 하는 일이라고는 이런 조무래기들이랑 시시한 축구시합이나 하고 있는 게 전부야.

하지만 어쩔 수 없어.

나는 지금 스스로의 미래를 설계하고, 치열하게 살아가는 것 자체가 싫증이 났거든.

그냥 당분간은 방관자가 되고 싶어.

내리쬐는 태양의 빛을 피해 그늘에 앉아 지나치는 사람들을 바라보기도 하고, 이런 조무래기들의 시시한 축구시합이나 관전하면서….

마치 더 이상 잃을 것이 없는 사람처럼.

이제 다시 계절이 몇 번 바뀌어서 다시 여름이 온다면 나는 어느 낯선 거리를 걸어가는 쓸쓸한 방랑자가 되겠지.

그리고 그 방랑자는 어느 길 잃은 여인을 만나 꿈을 만들어가고, 희망을 만들어 간다.

아마도 영원히!

감히 근접할 수 없었던 나의 소중한 친구, 내 목숨과도 바꿀 수 없는 사랑하는 여인이여!

하늘에서 고이 잠드소서!

    이것은 너무도 슬픈 이별이지만, 조금은 쓸쓸함과 그리움을 표현하기보다는 따뜻하게 웃어주며 그녀를 보낼 수 있었다.

    그러나 나는 무엇인지 알 수 없는 그리운 생각들로 창문턱에 기대고 앉아 어두워지는 가까운 동산을 바라보며

    "너무도 쓸쓸한 모습" 이런 생각이 들었다.

    그리고 이런 생각으로 밤을 지새우는 시간이 많아졌다.

    어쩌면 그녀는 또 다른 세상에서 작은 두 어깨를 길게 뻗어 고운 턱을 바치고, 아름다운 두 눈은 지금 내가 바라보고 있는 작은 별을 응시하며, 우리가 언제나 새로운 모습이길 기도하는지도 모른다.

    아직도 별들은 하나씩 하나씩 높아만 지고 새로운 모습이다.

    그러나 이 어둡고 어두운 밤을 지샌 듯이 나타나는 그녀의 아름다운 모습이 떠오르면, 나는 답답한 마음에 창문을 활짝 열어두고 다가오는 새벽을 맞이하듯, 오늘은 그녀를 닮은 작은 별을 찾을 수 있을 것이라고 생각했다.

    오늘도 빈둥거리면서, 일상을 보내고 있었다.

    그런데, 그녀가 세상을 떠난 3개월이 지난 어느 날, 그녀의 어머니

로부터 전화가 걸려왔다. 어머니께서는 딸의 유골을 북삼리 강기슭에 뿌리려 하는데, 같이 가줄 수 있냐는 것이다.

이유를 묻자 딸이 원해서라고 짤막하게 대답하셨다.

나는 무거운 마음으로 그녀의 부모님과 함께 북삼리로 향했다.

하얀 항아리 안에 그녀의 유골이 담겨 있고, 원목의 나무상자가 항아릴 감싸고 있었다.

울컥하는 마음이 몰려왔지만 눈물을 참았다.

승용차는 임진교 아래 비탈길을 내려온 후 자갈밭에 주차되었다.

우리는 들판의 소로를 따라 북삼교 방향으로 걸어갔다.

2년 전 그녀는 이 길을 따라 내게 행운처럼 찾아온 것이다

나는 유골함을 가슴에 밀착시킨 채, 왼손으로는 유골함의 보자기를 들고 오른손은 유골함 바닥을 받치며 조심스럽게 걸어갔다.

아직도 그때의 여름처럼 강줄기는 여러 갈래 길로 나누어져 자갈밭과 모래 섬 사이로 흐르고 있었다.

마치 각자의 삶의 운명을 스스로 만들어 가는 것처럼….

걸어가는 동안 뒤에서 걸어오시는 그녀의 부모님께서는 아무런 말씀도 없으셨다.

2년 전 처음 그녀와 마주쳤고 모닥불을 피웠던 그 자리를 향해….

※ ※ ※

보자기를 풀어보니, 튼튼한 나무상자에 포장된 항아리가 보였다.

나무 상자를 열고 항아리의 뚜껑을 개봉했다.

고운 뼛가루가 보았다.

이곳에서… 북삼리의 얕은 여울에서….

이제 곧 해 저무는 풍경이 보일 것이다.

하루 중에서 가장 아름답고 쓸쓸한 풍경이 내 눈앞에서 펼쳐질 테니….

그녀와 내가 같이 공감하고 꿈을 만들었던 이곳….

한 움큼씩 쥔 주먹을 펼치면 손바닥에 뭉쳐 있는 뼛가루가 바람을 타고 서서히 흩어져 공간 속에서 소용돌이처럼 맴돌다가 자갈밭이나 모래섬에 깃들었다.

나와 부모님은 그녀를 바람에게 맡겼다.

나는 뼛가루를 한 주먹씩 뿌릴 때마다 마음속으로 이런 말을 되새겼다.

"이 거짓말쟁이."

"이 푼수때기."

"웬수 덩어리."

"귀여운 나의 악마."

"나의 신부."

"나의 요정."

이제 모두 뿌려지고….

내게 마지막 한 주먹이 남았다.

차마.

손바닥을 펼 수 없는 고통 때문에 난 눈물을 흘렸다.

아무리 그치려 해도 눈물이 멈추질 않았다.

그냥 막 어린 아이처럼 울다 보면 그녀가 나의 울음소리를 듣고 이 곳으로 걸어 올 것만 같았다.

그래서 더 펑펑 울었다.

….

…….

이렇게 떨리는 손을….

망설이다가….

한 주먹 남은 뼛가루를 차마 바람 속에 날리지 못하고….

난 입 안으로 삼켜버렸다.

우리는 언제나 함께하는 것이라고….

* * *

요정아. 난 가끔 생각해.

어쩌면 자비롭고도 신비스런 자연의 기운이 우리를 만나게 했는지도 모른다고.

결코 우연이 아닐 거야.

나는 홀로 모닥불을 피우고 앉아, 지평선 아래로 사라져가는 태양을 응시하고 있다.

그러면 누군가 이곳으로 걸어올 것만 같다.

"아저씨."

"응."

"울어요?"

"아니."

"나보고 울보라고 하면서, 아저씨가 더 울보네."

"안 울었어."

"애에~ 다 큰 어른이 창피하게 아이처럼 울어요."

"진짜야 안 울었어."

"거짓말. 아저씨는 입만 열면 다 거짓말이잖아요."

"아저씨."

"응."

"정말 저를 신부로 맞이하려 했어요?"

"그럼."

"이 도둑놈."

"뭐! 도둑놈!"

"도둑놈 맞지요. 아저씨하고 저하고 나이차이가 10살이나 나는

데…"

"아~씨. 나 참 살다 살다 이젠 어린것들한테까지 무시당하고. 이루와. 너."

"절루 가요."

"어딜 만져…"

"앗! 이 변태자식."

제8장

옥수수밭 별자리

곰곰이 생각해 보면, 나는 그녀와의 만남을 단 한 번도 후회한 적은 없다. 단 하루를 살더라도 그녀와 함께할 수만 있다면 나머지 인생이 어떻게 변하든지 고민할 필요가 없었으며, 나는 이미 2년 동안이나 그녀의 기억 속에서 살아왔다.

어릴 적부터 지금 현재를 살아가면서 가장 안타까운 기억중의 하나가 이렇게 아쉬움을 남긴 채 지나갔다.

앞으로 얼마나 더 많은 삶의 고난과 깨달음이 내 앞에서 기다리고 있을까?

변해가는 미래의 내 모습은 나를 성장시키고, 발전시킬지 모르지만, 현재 나의 삶 속에서 가장 소중한 추억이 있다면 그녀의 대한 기억이다.

그 기억은 별처럼 하늘에 만들어졌다.

미래를 꿈꾸지 못하고, 상상하지 못하는 삶이 '얼마나 무의미한 일상인가' 하는 생각이 들었다.

"아저씨. 아저씨는 왜 아직도 성장하지 못한 어른인가요?"

만약 그녀가 지금 내 앞에 서서 내게 이런 질문을 해왔다면, 나는 아무런 대답도 하지 못했을 것이다.

어른이 되어 버린 내 현재의 삶은 어떤 형식과 체면에 얽매여 중요한 인생의 의미를 놓쳐버리기도 하고, 때론 자신의 속마음을 드러내 놓지 못한 채, 지극히 원칙적이고, 가식적인 말들을 늘어 놓고 살아가기 때문이다.

나는 이런 어른이 되었다.

지난 날, 그녀의 대한 슬픔은 잠깐 동안 많은 비를 몽땅 쏟아내고 이동하는 소나기 같았다. 마치 우주 안에 존재하는 모든 사물과 생물들이 스스로의 상처를 치유하려는 본능처럼, 나 또한 스스로의 슬픔과 아픔을 이겨내고자 하는 본능에 따라 다시 일상에 복귀한 것이다.

때론 물건을 잃어버린다거나, 늘 상 다니는 도로인데도 그냥 지나쳐 버린다거나, 어디엔가 부딪쳐 상처를 만든다거나, 나는 아직도 일상 속에서 이런 사소한 실수를 반복적으로 저지르며 살고 있다.

하루하루를 습관처럼, 상념 속에서 지내기 때문이다.

머릿속의 저장된 오랜 기억이 잊혀져야 또 다른 새로운 기억을 집어 넣을 수 있는데, 도대체 지워지는 기억들은 하나도 없고 오히려 차곡차곡 쌓여갔다.

또 버릇처럼, 해 저무는 풍경을 보게 된다.

어쩌면, 가장 소중한 추억을 놓치지 않기 위한 삶의 본능일 것이다.

가끔 이런 생각도 한다.

나의 나무는 얼마나 자라있을까?

근데, 많이 자라지는 못한 것 같다.

나는 지금도 어린애, 철부지, 거짓말쟁이, 장난꾸러기, 말썽쟁이, 이런 못된 단어들이 그립다.

누군가 이런 말을 내게 해준다면, 난 아직도 변하지 않은 세상을 살아가는 듯한 착각 속에서 기분이 좋아질 것만 같다.

아마도 그녀가 늘 상 내게 자주 사용했던 말이라서 더욱 그리워지는 것 같기도 하다.

살아가면서 낯선 어둠이 찾아와 낯선 장소, 낯선 세상 속에서 그녀를 만났다.

그녀는 비록 내 곁을 떠났지만, 밤하늘 안에 존재할 것이며, 나는 바뀌지 않은 계절과 세월을 보내면서 바뀌지 않은 세상을 살아가고 있다.

그때의 기억은 아직도 생생하다.

나는 다시 한 번 북삼리에 왔다.

그리고 그때의 기억을 떠올리며, 그리운 그녀의 모습을 떠올리고 있다.

또 다른 그녀와 나의 모습이 하늘에 그려졌다.

어쩌면, 오늘 이 하늘 위에 공존하는 수많은 세상 속 어느 곳에선 홀로 낯선 곳으로 떠나온 어떤 바보가 우연히 길 잃고 찾아온 상냥한 아가씨를 만나게 될지도 모른다. 그러면 그는 길 잃은 아가씨와 함께 모닥불을 경계로 마주보고 앉아 아름다운 밤을 지새운다. 이제 밤하늘 속에 펼쳐진 수많은 세상들이 각자의 고유한 움직임에 따라 높게 솟아 오른 옥수수처럼 무럭무럭 성장하는 모습이 내 눈 앞에 그려진다. 또 새벽이 되면, 피곤에 지친 그녀가 약간의 코골이를 하며 잠든 모습이 하늘에 선명하게 보인다.

이 같은 상상 속에 어느 공간에는 그리운 과거의 내 모습이 다시 만들어지게 되리라!

그러면, 밤하늘 속에 모든 허전한 빈 공간은 언제나 그녀의 모습으로 채워지게 되는 것이다.

어떤 바보와 나는 비록 같은 시간과 같은 공간 속에서 살아오지 못했지만, 같은 모습과 생각으로 현재를 살아가고 있다.

이처럼 고요한 새벽과 어둠뿐인 낯선 곳에서 밤을 지새우게 된다면, 우리는 언제나 밤하늘 속에서 빛나는 별들을 보게 된다.

수많은 아름다운 풍경의 일부지만, 누군가는 우연이라도 내가 만들어 버린 별자릴 발견하게 된다면, 하늘 안에서도 넓은 평원이 보이고, 나무가 자라고, 꽃들이 핀다는 사실을 알게 된다. 이제 가을이 지나고, 하얀 눈이 쌓이는 추운 겨울이 다시 찾아오면 하늘 속 옥수수밭에서는 하얀 평원, 하얀 나무, 하얀 꽃들을 보인다.

그 때 어느 아름다운 요정이 투명한 날개를 펼치고, 하늘을 날아다니는 모습을 상상해 보면, 이곳에 별자리가 어떻게 만들어 졌는지를 누군가는 기억하게 될 것이다.

"어느 낯선 하늘 아래 별자리가 만들어지고, 나는 또 다른 나와 시간과 공간을 초월한 삶을 살아가게 된다."

이처럼 간절히 바라보는 나의 옥수수밭 별자리 꿈을.

북삼리, 그녀와 함께 밤을 보낸 다음날 홀로 밤을 지새
우면서 또는 그녀를 그리워하면서.

옥수수밭 별자리

도시가 싫어서 이곳의 옥수수는

무럭무럭 자라고 있었습니다.

나는 이미 이곳 옥수수밭에 누워

별자릴 만들어 버렸습니다.

저 하늘, 헤아릴 수도 없을 만큼

많아진 생명들로 옥수수밭 별자릴

이루는 것은 그리 어려운 일이 아닙니다.

하늘을 가로 질러 먼 곳에는 그녀가 잠든 모습

그 모습을 지켜줄 새벽의 별들

늘 그랬었고 언제나 변함없는 모습

도시의 고층 콘크리트건물, 아스팔트 길,

소음과 공해, 먼지, 복잡한 구조의생활,

흙을 제대로 밟지 못하고 자라왔던

어린 시절, 미흡했던 학창시절

이 모두가 조금은

힘들었고 어려웠던 것은 사실입니다.

그러나 이제는 이곳 옥수수가 풍족히 익어가고

지금의 평온을 맺어오기까지

언제나 자연의 조화를 위해

자라왔고 다가서야 했던

고독한 삶의 끝자리에서

쓰러져간 쓸쓸한 날은 지나고

힘차게 한 알 한 알 영근

높게 솟아오른 수많은 새로운 삶

밤이 깊어 갈수록 생명은 많아지고….

이미 익숙해져 멀어지는 듯한, 사물들의 세상

아직도 옥수수밭 별자린 선명한데

나의 방랑자, 나의 파수꾼은 보이질 않았습니다.